やけくそで潜った
最凶の迷宮で
瀕死の国民的
美少女を救ってみた

Kaede Haguro

羽黒楓

[ill.]

いちよん

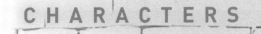

CHARACTERS

七宮基樹 (しちみや もとき)

本編の主人公。ダンジョンに潜入する
"探索者"を生業にしている。
仲の良い妹だけが唯一の話し相手。

針山美詩歌 (はりやま みしか)

大人気の国民的美少女配信者。
見ている人を元気にする
トーク配信が好評で、
特に大食い企画にはハズレがない。

七宮紗里 (しちみや しゃーりー)

基樹の妹で、多額の
借金を作った張本人。
美人だが能天気なのが
チャームポイント。

序章

「えー、いつもあたしたち兄妹の配信を見に来てくれてありがとねー。七宮（しちみや）紗哩（シャーリー）でーす！　カメラマンをやってくれてるのはいつもどおり、お兄ちゃんの七宮基樹（しちみやもとき）です！　今からあたしたちの、最後の配信を行います」

俺が構えるカメラに向かって妹の紗哩が話し始めた。
明るい髪色のサイドテール、曇りのない素直な笑顔はわが妹ながらいつ見てもかわいい。
ま、頭の中が最高にアホなんだが。

：同時接続数　4人

その数字を見て、俺たちの人生の総決算が四人かと思ったら逆に乾いた笑いが出てきた。
まあこんなもんだよな。

〈え、最後ってもう配信やめちゃうの？〉

「いや、違うの。……今あたしたち、実は亀貝（かめがい）ダンジョンに来ています！」

〈はあ？　亀貝ダンジョンって日本唯一のSSS級でしょ？〉

〈シャーリーちゃんまだA級じゃん！　お兄さんの基樹さんもA級でしょ？〉

「お兄ちゃんはこないだC級に落ちました！」

〈え、なんで降級してるの？〉

「それにはウケる理由があるんですけど！」

この妹なに言ってやがる、俺が降級したそのウケる理由って、お前のせいじゃないか。

「その話はまたあとでするね！　いやー実はですね！　……お兄ちゃん、今回のこと言っていい？」

「ああ、言っちゃえ言っちゃえ」

俺の言葉に、紗哩は力強く頷いた。

「実は‼ あたし、海外のめちゃくちゃ怪しい証券会社でレバレッジを死ぬほど効かせてえふえっくすなるものに手を出したところ、こないだの歴史的ユーロ安で一億二千万円の借金を背負っちゃいまして！」

〈はあ？〉

〈ゼロカットシステムあるんじゃないの？ ほら、資産がマイナスにならないようにするやつ〉

「あると思ったんだけどない契約だったの！ あたしの確認不足でぇす！えへへ！」

〈あれ、きみ、去年もなんかのマルチに引っかかって借金あったよね？〉

「そ〜でーす‼ 去年一度自己破産してまーす！ だからさすがに今年は免責おりませーん！ 終わりでーっす！ あたし、死にまっす！ 死ぬって言ったらお兄ちゃんも一緒に死んでくれるそうなので、どうせなら心中配信しまーす！ ね、お兄ちゃん？」

「まあそういうことだ。お前ら、俺たちの最期を看取ってくれよな」

〈紗哩ちゃんは馬鹿だけどかわいいからなんとかなるよ！ まだ十九歳の女の子ならいろんな稼ぎ方があるよ！〉

「さすがに一億二千万は無理だろ、最後にダイヤモンドドラゴンと戦って死ぬのが俺たちの目標だ。な、紗哩？」

「うん！ ダイヤモンドドラゴンって、倒すどころか出会って生還した人すらほとんどいないからね！ エンカウントするだけですごいんだから！じゃ、みんな、あたしたち行くね、見ててね〜」

ダンジョン。

数十年前、それは突如として世界中に発生した。

実態はいまだ謎だが、探索者として入ると不思議なスキルをダンジョン内限定で得ることができる。

そのかわり、ダンジョン内には危険なモンスターがうろうろしており、命がけの戦いとなる。

だがモンスターたちは地上世界ではほとんど手に入らない、貴重なアイテムをドロップするのだ。

国会で特別法が立法され、十五歳以上のものに限れば登録さえすればダンジョンの探索が可能になっている。

そして、亀貝ダンジョンのダイヤモンドドラゴン。

あまたのS級探索者を返り討ちにしてきた、最悪、いや災厄のSSS級モンスターだ。

そもそも出会うだけでも至難の業であり、それに勝てる人間なんてほとんど存在しないのではと言われている。

ちなみに亀貝というのはダンジョンのある場所の地名だ。

俺たちは二人ともA級だから、SSS級ダンジョンのSSS級モンスターを倒せるわけない。

だけど今回俺たちは生きて帰ろうだなんて思っちゃいないわけで。

死ぬのが目的なのだ。だから、行けるところまでダンジョンに潜ってやろうというやぶれかぶれな計画だ。

ちらっとダイヤモンドドラゴンの姿をおがめるところまで行けたらラッキー、まあだめだったら死んじゃいましょう、という感じ。

両親も昔死んじゃってるし、頼れる親戚もいないし、二十二歳と十九歳の兄妹が一億二千万円の借金背負って暗い人生をのたうち回りながら生きるくらいなら、花火のようにパーッと華やかに散ろうっていうわけ。

生きて帰ることをあきらめさえすれば、ワンチャン最深部までいけるんじゃないか？　と思ったのだ。

「よし、じゃあ見ててくれよな！」

俺ははりきってそう言ったのに、

〈犬の散歩行ってくるわ、おつー〉

：同時接続数　3人

いきなり視聴者が一人減った。

「……いてら。……見ててくれよな！」

ダンジョン内はなぜか電波が届くから、配信しながら探索することにする。いままでもちょいちょい配信していて、数人の常連さんは見てくれたりするのだ。
これが超絶人気配信者とかなら同時接続数万人とかでサポートチャット、通称サポチャとかメンバーシップ登録とかでウッハウハなんだろうけど、同時接続三人じゃあなあ。

「よし、じゃあお兄ちゃん、行こうよ、死出の旅へ」

「……お前なあ……。なんかウッキウキで言ってるけど、これ、お前のせいだからな……」

「あ、はい、このたびはまことに申し訳ございませんでした」

頭を下げる紗哩。
はぁ。ほんと、仕方がない妹だ。

「言っとくけど、めっちゃこき使うからな」

「あ、はい、どうぞあたしをお好きなようにおこきつかいくださいませ」

「おこきつかうってなんか響きがエロいな」

「……どういう脳みそしてたらそう思うの」

★

よっし、今日も配信頑張るぞ、と針山美詩歌は思った。
チャンネル登録者数五百万人を誇る国民的人気配信者、針山美詩歌、通称みっしーはカメラに向かって満面の笑みを見せる。
サラサラの黒髪ショートボブ、やばいくらいに整いすぎていて知らない外国人とかからは"CGだろ？"とまで言われるその美貌、さらには底抜けに明るくて聞いているだけで前向きになれるそのトーク。
オタクネタからシモネタまでどこまでも品を失わずに喋りまくって、その上あらゆる配信関係者・芸能関係者から"あの子は聖人"とまで言われる人柄の良さ。
まさに日本一の配信者と言って良かった。

「おはみっしー‼ 今日もみっしーの飼い主様たちがいっぱい来てくれてるねー！」

：同時接続数　55万人

飼い主様とは美詩歌のファンたちの通称である。初期のころ、みんなのペットというモチーフで配信していたころの名残で、実はあまり浸透していない。浸透していないのにいまだ言い続けているところがまた意固地でかわいいと評判だったりする。

「ありがとねー！　いや、昨日さー、企画で激辛焼きそば食べたじゃん？ すっごい辛くてさー。もういろんなとこがヒリヒリしちゃってるよ」

【￥10000】〈おはみっしー〉

〈おはみっしー！　昨日あまりの辛さに泣いてたもんな〉

〈どこがヒリヒリしているのか気になる〉

〈今日もかわいいよみっしー！〉

【￥34340】〈みしみしみっしー！〉

日本トップレベルの同時接続者数をたたき出すその美貌は伊達ではなく、今日も朝から数十万人の視聴者を集めていた。
鈴の音のような心地よい声も才能と言えるし、円満な家庭でまっすぐ育てられた太陽のような性格は男性からも女性からも分け隔てなく人気を得ていて、もはや国民的アイドル配信者と言って間違いない。

「さて！　今日はダンジョンに来ています！　日本一の難関ダンジョンと言われる新潟市の亀貝ダンジョンです！」

〈え、みっしーダンジョン配信はじめるの？〉

〈みっしーダンジョン探索の登録してたっけ？〉

「はい！　登録はしてます！　でも一番最低ランクのD級探索者です。だから、もちろんSSS級ダンジョンの攻略なんてできませーん！　あはは。あのね、この近くにおいしいドカ盛りラーメン屋さんがあって、今日はそれの超大盛りに挑戦した動画を撮ったの！　案件です！　背脂たっぷりで大満足！　もーおなかいっぱい！」

〈朝からドカ盛りラーメンってやばくね？〉

〈みっしーは大食いタレントできるくらいは食えるからなー〉

〈こんな朝から背脂はエグい〉

【￥1000】〈胃薬代〉

「そのあとちょっと時間があったんで、ここに寄ってみました！　地下一階でちょろっと一番弱いモンスター倒すくらいならいいでしょー？　たまにはダンジョン配信の真似事やってみよーじゃないかーっていう企画ですね！」

〈ラーメン食ったあとダンジョンかよ胃袋がバケモンすぎるだろ〉

【￥500】〈地下一階ならSSS級ダンジョンでも敵が弱いからな〉

〈気をつけてよー。いま一人なの？　やめときなよー〉

【￥50000】〈昨日の激辛やきそばおもしろかったです。今日はドカ盛りラーメンだったということで、整腸剤をこれで買ってください〉

〈ダンジョンは危なくない？〉

「だーいじょうぶだよー。ちゃんとリサーチ済み！　地下一階はスケルトンとスライムしかいないから！　それに稲妻の杖があればたいていの敵は一撃！」

美詩歌は企画動画で買った稲妻の杖を見せびらかす。
お値段なんと四百五十万円。
なにせ大物インフルエンサーともなると、こんなものも軽く買えるのだ。

「それに私一人じゃないよ。いつものカメラマンの美由紀さんとマネージャーさんの夏子さんもいるよ！　この二人もD級だから別に役に立たないけどね！　あはは！　じゃー行きまーす！」

予定どおり、スライムと出会ってそれを魔法でこともなげにやっつける。
すると、スライムがいた場所に小さな箱が出現した。

「お！　アイテムボックスをドロップしました！　ちょっと中を見てみましょう！」

〈やばいやめろ〉

〈みっしー盗賊スキルないよね？　危険だからよしなよ〉

〈まじ危ないぞ〉

〈アイテムボックスは危険〉

〈SSS級ダンジョンのトラップはやばい、やめとけ〉

「えー、大丈夫だよーまだ地下一階だし！　じゃー開けまーす！」

美詩歌は攻撃魔法スキル持ちだが、盗賊スキルは一切持っていない。
そんな人間がSSS級ダンジョンのアイテムボックスを解錠したのだ。
無知なるが故の、無謀だった。

プワンプワンプワン！！！

という大きな音がしたかと思うと。
最悪のトラップ魔法、テレポーターが発動した。
次の瞬間、カメラマンとマネージャーの目の前で、美詩歌の姿はそこから掻き消えた。

やばい、死ぬ、死ぬ、死ぬ、死ぬ！
なんとかしないと！
針山美詩歌は絶体絶命だった。
とはいえ、全身が壁の中にテレポートされなかったのは幸運だった、と美詩歌は思った。
もしそんなことになってたら即死だった。
それだけは免れていた。
しかし、それは全身が壁の中ではない、というだけだった。
右腕が肘の上まで壁の中に埋め込まれている。
テレポートさせられたときに、ちょうど右腕の部分が壁と重なる場所にあったのだろう。

「これ、どうなってるの……？」

引っ張って抜こうとしたが、まったく抜ける気配がない。テレポートしたときに腕が壁と同化したのかもしれない。

「右手でよかったよ、頭だったら死んでたもんね」

独り言を言う。

「大丈夫、なんとかなる！」

笑顔を作り、自分に向かって叫んだ。
左手首につけていたスマートウォッチを見る。
現在地は……地下八階。
SSS級ダンジョンの、帰還不可能といわれる地下八階に飛ばされたのだ。
一番に頭に浮かんだのは、

"生きて帰る！"

という揺るぎない、強い意志だった。
常にポジティブで決して折れない。
それが、国民的人気配信者として成功を収めた、美詩歌のメンタルなのだ。

「まずは、救助を呼べるか試さなくちゃ」

持っていたyPhoneはどこに行ったのだろうか？
あ、あんな遠くに落ちてる。
でも、右腕が壁に埋め込まれている現状、あんなところまで取りに行けない。

「Hey,Sari！　Hey,Sari！　Hey,Sari！　ヘイ、サリィィィィィ！！！！！！」

力の限り叫んだが音声認識は反応しない。

「Sariちゃん、薄情すぎるでしょ……。いらんときには反応するくせに……」

しばらくすると着信が来てピカピカ光ったがもちろん出ることはできない。
スマートウォッチで確認するとマネージャーの夏子さんだ。
でもこのスマートウォッチは通知を確認はできるが応答はできない。
ただこの場所にいるということは確認してくれただろう。
このままここで大人しくしてたら助けに来てくれるかな？　でもここはSSS
級ダンジョン。それも、ボスを倒さないと帰還不可能な地下八階。
救助が来るにしても時間がかかるだろう。
それまでになんとか生き延びるしかない。

と、そこに不吉な唸り声が聞こえてきた。
ダンジョンを形づくっている石材は不思議な力でかすかに発光しており、多少の明るさはある。しかし、すべての石材が発光しているわけでもなく、そこかしこに暗がりもできている。

その暗くなっている場所に目を凝らすと、そこには三頭の犬の影が見えた。
いや、犬と言うには大きすぎる。
フューリーウルフと呼ばれる、オオカミのモンスターだ。
巨大な牙、六本の足。
そいつらは美詩歌を見つけると、威嚇すらせずいきなり襲い掛かってきた。
美詩歌はＤ級探索者にすぎない。
ＳＳＳ級ダンジョンの地下八階のモンスターに勝てるわけはない。
それも、片腕が壁と同化して動けない状態ではなにもできやしない。
でも。

──私は生きることをあきらめない！

美詩歌の手元には一本の杖があった。
四百五十万円もした、希少アイテム、稲妻の杖。
美詩歌はそれを振りかざして叫んだ。

「雷鳴よとどろけ！　いかづちの力を解放せよ！　サンダー！」

絶対に生きて帰る。
絶対に死なない！
生きて、生きて、生き抜く！
二百歳まで生きてやる！
十八歳で死んでたまるか！
私は、みんなの希望の光、みっしーなんだから！

★

ピロリロリーン。

【緊急ニュース速報】
人気配信者の針山美詩歌さん（18）が、ダンジョン内配信中にテレポーターの罠にかかり、現在行方不明。

「はい、小谷選手、今日も大きなホームランでしたねー。……ん？ あ、緊急のニュース速報が入りました。ええと、ええー!? 以前この番組にも来てもらったことのあるみっしーさんがダンジョンで行方不明だそうです！」

「そんな……。テレポーターのトラップ？ 確かあれって、万が一壁の中に飛ばされたりしたら……」

「い、いや、みっしーならきっと無事なはずです！ ……無事であることを祈りましょう……」

「では新潟西南警察署前の桐生さーん？」

「はい、新潟西南警察署前の桐生です。——えー、警察発表によりますと、今日午前九時半ごろ、針山美詩歌さんはダンジョン内での配信中、テレポーターのトラップにより行方不明となりました。美詩歌さんはyPhoneを所持したままであり、その電波の解析を行ったところ、SSS級ダンジョンである亀貝ダンジョンの地下八階にテレポートさせられた可能性が極めて高い、との捜査関係者の話です。遭難から三時間が経っておりますが、まだ連絡はとれておらず、安否の確認はとれておりません」

189 　ニュースを語る名無しさん　202X/09/03(日) 13:27:45.12
　　亀貝ダンジョンの地下八階だってよ

190 　ニュースを語る名無しさん　202X/09/03(日) 13:30:09.33
　　これ生きていても無理じゃね？

191 ニュースを語る名無しさん 202X/09/03(日) 13:32:56.49
亀貝ダンジョンって地下八階からは一方通行のシュートしかなくて階段ない
んだよな？

192 ニュースを語る名無しさん 202X/09/03(日) 13:35:18.78
そうだよ
だから地下八階以上もぐるとボスを倒すか死ぬかしかない

193 ニュースを語る名無しさん 202X/09/03(日) 13:37:02.43
SSS級ダンジョンのボスなんてSSS級探索者パーティしか倒せないぞ？
SSS級探索者なんて世界に30人もいないよな？

194 ニュースを語る名無しさん 202X/09/03(日) 13:42:30.67
これはもう絶望的かもわからんな

195 ニュースを語る名無しさん 202X/09/03(日) 13:44:12.09
やばい
ショックでなにも食えない

196 ニュースを語る名無しさん 202X/09/03(日) 13:46:57.82
こんなん無理じゃん
生きてたとしてどうやって助けるんだよ

197 ニュースを語る名無しさん 202X/09/03(日) 13:49:23.40
有名人が事故にあって死ぬニュースとか、日曜の昼から気が滅入るな

198 ニュースを語る名無しさん 202X/09/03(日) 13:51:56.75
まだ死んでないぞ

199 ニュースを語る名無しさん 202X/09/03(日) 13:54:39.27
＞198
いやさすがにこれは生きてるわけ無い

200　ニュースを語る名無しさん　202X/09/03(日) 13:56:12.08
俺の娘がファンだったからこのニュースのせいでずっと泣いている
俺も泣いてる

「総理！　総理！　人気配信者の針山美詩歌さんが行方不明の件ですが！」

「えー、もちろん国民の安全を図るのが政治の役割であると、そのように思っております。しかしながらダンジョン内の探索につきましてはダンジョン特別法により原則自己責任であると、そのように認識しております。ダンジョン内での遭難は国内においても、月に数件認められるところでありますが、政府といたしましては、著名人であったとしても、原則として個別に救助隊を出すことについては、慎重に議論を進めなければならないと考えております」

「はい、こちら現場です。遭難から十二時間が経ちました。いまだ針山美詩歌さんとの連絡はとれておりません。民間の捜索隊においても、S級探索者しかおらず、SSS級ダンジョンの地下八階以上の探索は極めて困難であり、救助は絶望的との見方が広がっております」

★

『I know the accident of her distress. I want to go help, but it takes time to prepare. If we're going to explore an SSS-class dungeon, we need a party of six. At least it will take two weeks for us to prepare our equipment, gather our members, and get to Japan. I think it's almost impossible for me to save her.』
字幕
(彼女が遭難した話は知っている。私も助けに行きたいが、準備に時間がかかる。SSS級ダンジョンを探索するのであれば、我々には六人パーティが必要だ。我々が装備を整え、メンバーを揃え、日本に行くには最低でも二週間は必要だろう。私が彼女を救うのは、ほとんど不可能だと思う)

「──世界一の探索者といわれるアニエス・ジョシュア・バーナード氏はこのよう

に語っており……」

★

Aaron Mask
"Oh my God I'm big fan of her. If you save her, I'll pay you $300,000 as a reward."
翻訳する

アーロン・マスク
「なんてことだ。ボクは彼女のファンだったのに。もし、彼女を救ってくれたら、報奨金30万ドル払ってもいい」

　　　　　　　　　　　　　　　38万件の反響　　　122万件のいいね

★

「所属事務所のPOLOLIVEの宇佐田社長は、針山美詩歌さんの救出に成功した人には三億円の謝礼金を支払うと発表いたしました」

★

892　ニュースを語る名無しさん　202X/09/03(日)18:33:15.63
　　　数億円もらったところでSSS級ダンジョンの攻略なんてできないだろ

893　ニュースを語る名無しさん　202X/09/03(日)18:34:22.49
　　　俺が行こうか？

894　ニュースを語る名無しさん　202X/09/03(日)18:35:57.31
　　　＞893草
　　　絶対無理

895　ニュースを語る名無しさん　202X/09/03(日)18:37:14.52
　　　亀貝ダンジョン事故直後から野次馬多すぎて
　　　一般の人は今封鎖されてるって

896 　ニュースを語る名無しさん　202X/09/03(日)18:39:45.11
SSS級ダンジョンだし誰も助けにいけないだろうな。

897 　ニュースを語る名無しさん　202X/09/03(日)18:40:29.76
ちょっとまって
一組だけ今亀貝ダンジョンの地下八階に入ったパーティがいるぞ！

898 　ニュースを語る名無しさん　202X/09/03(日)18:42:18.34
まじで？

899 　ニュースを語る名無しさん　202X/09/03(日)18:43:09.27
草
うそだろ

900 　ニュースを語る名無しさん　202X/09/03(日)18:44:45.92
まじだ

901 　ニュースを語る名無しさん　202X/09/03(日)18:46:11.58
え
このニュース見てダンジョン探索にいったってこと？

902 　ニュースを語る名無しさん　202X/09/03(日)18:47:23.64
＞901　事故あってすぐに封鎖されてるからそうじゃないな
もともと潜ってたんだな

903 　ニュースを語る名無しさん　202X/09/03(日)18:48:35.02
これやな
配信してるぞ
"兄妹心中配信　亀貝ダンジョン"
https://www.alphapolis.co.jp/novel/99324959/316815291

第一章

「えー、今地下八階を探索しています。もう戻れないよ。みんな、見てるー？」

紗哩の言葉には誰も返事をよこさない。

：同時接続数　０人

誰も見てねー！！！

「……お兄ちゃん、これ配信する意味ある？」

「ないかもしれんけど、誰かが突然来て投げ銭してくれるかもしれないだろ！
一応続けとけ」

「虚空に向かって誰もいない配信続けてる兄妹ってちょっと悲しすぎる……」

：同時接続数　１人

お。
誰か来たぞ。

〈まだやってた。生きてたのか〉

「昼間来てくれてた人かな、まだやってるよー」

紗哩が答える。

〈そこ、亀貝ダンジョンなんだよな？〉

「うん、そうだよー。今地下八階に到達したとこ」

〈まじか〉

まあそろそろ余力も少なくなってきたし、地下十五階にいるというダイヤモ
ンドドラゴンと出会う前に死んじゃいそうだけどなー。

19

「今のうちに言っとくね、お兄ちゃん、あたしお兄ちゃんの妹に生まれてきてよかった……」

うるうるとした瞳で俺を見つめる妹。

「俺はお前が妹として生まれてきて……まあ、なんだ、うん、そうだなあ……どうだろうなあ……」

「なにそれひどい」

「一億二千万円」

「すびばぜんでじだー！」

頭を下げる紗哩、揺れるサイドテール、俺はその妹の頭をポンポンしてやって言った。

「ま、しょうがないか、お前と過ごした十九年間は楽しかったしな」

:同時接続数 8人

お、急に増えたな。

〈まじで亀貝ダンジョンか〉

〈こいつら、あの亀貝ダンジョン地下八階に潜ってるの？〉

〈え、お前ら何級？〉

「いや一実は二人ともまだＡ級なんだよな」

「そうでっす！　あたしもお兄ちゃんもＡ級！　あ、違うよお兄ちゃん！　お兄ちゃんはこのあいだＣ級にランクダウンさせられたじゃーん！」

「それお前のせいだからな」

「ごめん」

〈え、じゃあＡ級とＣ級でSSS級ダンジョン探索？　死ぬじゃん〉

「そうでっす！　あたしたち、兄妹で心中しちゃいまっす！　概要欄にある
とおりだけど、借金が一億二千万円できちゃって……」

〈みっしーを助けられる？〉

〈助けに行ったわけじゃないの？〉

〈もしかしたらみっしーの件知らないのか？〉

ん？
なんの話してるんだ、こいつら。

：同時接続数　128人

おいおいおい！
なんだまた突然増えたぞ？
見ているあいだにもどんどん増える。

：同時接続数　389人

〈ここか、亀貝ダンジョン配信〉

〈みっしーを助けたげて！〉

〈みっしーがそこにいるんだよ！〉

？？？
よくわからん。
みっしーって、あの有名な針山美詩歌のことか？

：同時接続数　1288人

「え、なになになになに!?」

突然の同接数爆あがりに、俺たちはパニックになる。

「なんだ、俺たちの心中そんなに炎上してんのか?」

〈お前らの命なんか知るか、それよりみっしーだ〉

【¥50000】〈助けてあげて!　生きてるかもわかんないの!　急いでください!〉

「おわっ!!」

上限赤サポが来たぞ!?
上限どころか赤サポ自体が生まれて初めてだ。
一万円以上の投げ銭をするとコメントが赤い文字で表示されるのだ。

：同時接続数　24888人

ああ?　秒単位で桁が増えていくんだが!?

「ちょっと待ってくれ、誰か状況を説明してくれ」

【¥50000】〈こちらPOLOLIVE公式アカウントです。お願いがございます
……………〉

〈きたー!!〉

〈本物のPOLOLIVE公式アカウントだこれ〉

〈POLOLIVE公式なんて初めて見た〉

【¥34340】〈みっしーをどうかどうかお願いします!〉

〈ほんとほんとほんとお願いお願い！〉

ピロリロリーン。

【緊急ニュース速報】
人気配信者の針山美詩歌さん（18）が行方不明になっている事故で、亀貝ダンジョン内の同じ階層にほかの探索者がいることが判明。所属事務所は針山美詩歌さんの安否確認の要請を行った模様。

★

なるほど、怒涛のコメントで状況がわかったぞ。
そっか、あの有名なみっしーがこのダンジョンで遭難しているのか。
とりあえずPOLOLIVE公式からの情報で彼女の位置はわかった。
俺たちは死にに来てたんだけど、だからと言ってほかの誰かが死ぬのを黙って見逃すなんて選択肢はない。

っていうかさ、逆に誰かを救ってから死ぬとか、そっちのがかっこいいよな？
命の使い所としては悪くない。
この最難関ダンジョンでその子を救えるかどうかはわからんけど！

位置情報をもとに、俺たちはそこへ一直線に向かう。
途中でモンスターに会わなかったのは本当に本当にラッキーだった。
俺たちの実力じゃ、地下八階のモンスター相手に勝てるかどうかめっちゃ怪しかったしなあ。
俺の残高も、紗哩のMPもそんなに残っていないのだ。
紗哩の魔法で位置関係を確認しながら進むと。

六本足のオオカミのモンスター、フューリーウルフの焼け焦げた死体を見つけた。明らかに雷系の魔法によるものだ。
一頭、二頭、三頭。
三頭の死骸。
そして。

それを見た瞬間、俺の背中がゾクッと震えた。
そこに、人間の足が落ちていたのだ。
三頭目の死骸のかたわらに、明らかに人のものと……いや女性のものとひと目でわかる足が一本、落ちていた。
左足だった。
太ももから下の部分だ、おそらくフューリーウルフに噛みちぎられたのだろう。
断面はぐちゃぐちゃで血にまみれた肉と骨が見える。
靴は脱げ、ソックスも破けてそこから見えるネイルのピンクが生々しい。

〈あああああえ〉

〈え、これまさか〉

〈いやでもほかにこのダンジョンに潜ってる人いないはずだし〉

〈やめてやめてやめて〉

コメント欄が悲痛なもので溢れる。
まあそりゃそうか、あまりにもショッキングな絵面だもんな。
ん？　画面がひび割れたyPhoneが落ちているぞ。
そんなに古いものではない。
ついさきほどまで使っていたものかもしれない。

「……お兄ちゃん、捜そう。足だけだったら、まだ間に合うかもしんない」

頭はアホなんだけど、こんなのを見てもキャーキャー騒がないところは、わが妹ながら大したもんだと思う。
紗哩の言うとおりで、紗哩は治癒系の魔法スキル持ちだ、命さえ無事であれば、完治は無理にせよ、救命はできる可能性がある。
暗くてよくわからないが、さらにあたりを探索する。
だが、フューリーウルフの死体のほかにはなにも見つからない。

「お兄ちゃん、この足の人……どこに行ったのかな……？　どこかへ移動したの？　それとももうほかのモンスターに全部食べられた……？」

いや、それならそうと分かる血の跡があるはずだ。ここには血の跡がほかにはない。
そしてよく見ると足の断面の血は黒く変色して固まっている。
放置されてから数時間というところか……。

「お兄ちゃん、この辺にはいないみたいだよ、あっち探す？」

「待て、なにか聞こえないか？」

二人で耳をすます。

コンコンコン、コン、コン、コン、コンコンコン。
コンコンコン、コン、コン、コン、コンコンコン。

なんの音だ？
壁に耳を当てる。
壁伝いにその音は伝わってきていた。
なにか固いもので壁を叩いているのだろう。
そしてこれは。

「お兄ちゃん、気持ち悪いよこの音……」

「いや違う、これ、……モールス信号だ」

トントントン、ツーツーツー、トントントン。
そう、これはSOSを表すモールス信号。
誰かが、どこかで、助けを求めているのだ。
まさかこの現代にSOSのモールス信号を聞くことになろうとは。
壁に耳を当て、どこから響いているのかを確認する。
なるほど、わかった。
すぐ近くにいる。
ってか、おそらく目の前にいる。
でも、俺たちには見えてないだけだ。

「これは不可視化の魔法だ！」

それもかなり高度なレベルの。
しかし、この感じだと本人は喋ることもできない状態なのかもしれない。
急がないと。

「シャーリー、マジカルランタン使ってくれ」

「マジカルランタン？　うん、わかった」

こいつを使用すると透明化や不可視化の魔法の効果を打ち消すことができるのだ。
けっこうなレアアイテムで、しかも一度しか使えないんだが、もちろん人の命には代えられない。
シャーリーが持っていたマジカルランタンに火をつけると。
今まで見えなかったものが見えるようになった。

そこにいたのは、少女。

俺たちのすぐそばで、息も絶え絶えな血まみれの少女が、壁にもたれかかっていたのだ。
黒髪のショートボブ、こんな状況だってのに鳥肌が立つほど綺麗な顔をしている。
いや、むしろこんな状況だからこそ、彼女の美しさが際立って見えているのかもしれないけど。

右腕は壁にめり込んでいて固定されており、左足が太ももから食いちぎられて骨が見えている。
その切り口は焼け焦げていた。
おそらくなんらかの魔法で焼いて止血したのだろう。フューリーウルフを焼き殺したのと同じ雷系の魔法だろうか。
なにかボトムスを身に着けていたんだろうが、それは太ももを食いちぎられたせいでほとんど破けており、水色のショーツが丸見えになっている。

彼女は固そうな木製の杖を左手に持っていた。なんらかのマジカルアイテム

だろうか。
それで壁を叩き続けていたのだ。
顔は血の気が引いて真っ青になっており、唇はカサカサで、一見死んでいるのかと思った。
その少女は俺と目が合うと、かすかに笑って、何事かを呟いた。
その声はかすれてほとんど聞き取れなかったが、かろうじて、

「ほーらね、ヒーロー参上だ」

と言ったように聞こえた。

〈生きてる？〉

〈生きてる！〉

〈みえ〉

〈生存確認！〉

〈やったー！〉

〈パンツ〉

【¥34340】〈ありがとうありがとうありがとう〉

〈でも死にそう〉

〈みっしー！！！〉

〈死ぬな〉

【¥50000】〈みっしー！！！〉

〈潟潟テレビ局です。お話を伺いたいのですがDMをくださいますか〉

〈失せろ〉

【￥50000】〈みっしー生きてて本当にうれしい。早く治してあげてください〉

そして溢れるサポチャ。

【￥120】

【￥1000】

【￥50000】

【￥120】

【￥34340】

【￥120】

【￥50000】

【￥50000】

【￥3434】

【￥50000】

【￥50000】

【￥3434】

【￥2000】

【￥120】

【￥50000】

【￥34340】

【￥343】

【￥50000】

：同時接続数　98万

「さすが四百五十万円だよね、私でもこいつらをやっつけられたんだよ。足一本持っていかれちゃったけど……。この杖で傷口焼いてさ、そのあと持ってた一本十二万円の不可視化ポーションを飲んだの。三本持ってきてたんだよ、たまに凸してくる人ってか、私の配信にアポなしで乱入してくる人がいるからさ。そういうときに逃げられるようにね。ふふふ、でも不可視化ポーション飲んだはいいけど助けに来た人にも私の姿見えないじゃん！　って気づいてさー、ちょっとあせっちゃったよ」

「待て、まだそんな喋るな、今妹が治癒魔法かけるから」

とりあえずの応急処置として魔法の回復ポーションを一本飲ませたら、この美しい少女――針山美詩歌は一気に喋り始めた。
だけど、まだそんな余裕のある状態じゃない。
片足一本持っていかれた時点で出血多量で死んでいてもおかしくないほどのダメージを負っているのだ。
生きているの自体がまあまあの奇跡だ。
だけど、ダンジョン内であれば紗哩の治癒魔法で治療が行える。
紗哩はそこまで高位の治癒魔法を使えるわけじゃないから、完治とまではいかないかもしれんけど……。
しかし、そんな俺たちをこのダンジョンは放っておいてはくれなかった。

「お兄ちゃん！　なにか来るよ！」

紗哩の鋭い声が飛ぶ。

「どこからだ!?」

俺は身構えて辺りを警戒する。

「あっちから！」

紗哩の指さす方向を見ると、なるほど、確かにダンジョンの暗がりの向こうからなにかがこちらへ近づいてきた。

「紗哩、その子に治癒魔法をかけまくってくれ！　MP全部使い切っていいから！　俺はこいつをやる！」

トリケラトプスって知っているだろうか。
大きな三本の角が特徴的な、カスモサウルス亜科に属する恐竜だ。
そいつをさらに狂暴な顔つきにして火を吹かせたらこのモンスターの出来あがりだ。
一般に、カスモフレイムと呼ばれている。
そのモンスターが一頭、俺たちに向かって近づいてきていたのだ。

〈S級モンスターじゃん！〉

〈カスモフレイムだ〉

〈やべえ、この人C級なんだろ？〉

〈C級がS級モンスター絶対倒せない〉

〈がんばって！〉

〈頼む……なんとかしてくれ〉

俺は紗哩たちを守るように前に出る。
そして叫んだ。

「セット！　大志銀行！　残高オープン！」

すると俺の目の前の空中に文字と数字が浮かびあがる。

[フツウヨキン：124,000 エン]

もうこれしかなくなってるのか。
預金が三百万円越えてるときはA級だったんだけどなあ……。
俺がシコシコダンジョン探索してアイテムゲットしてため込んだお金を‼
妹の紗哩の馬鹿が！
FXに使い込みやがって！
残高が三十万円切ったらC級に降格してしまったのだ。

〈なんだこのスキル？〉

〈預金残高を公開するスキル？〉

〈いや違う、これ現金をエネルギーに変えるレアスキルだぞ〉

さすがネット、知っているやつもいる。
そのとおり、俺の特殊能力は"マネーインジェクション"と呼ばれるレアスキル。
預金の現金残高を消費してマナ、つまりパワーにできるというものだ。
さて俺はさらに叫ぶ。

「インジェクター、オン！」

なにも持っていない手のひらを上に向ける。
すると、俺の右手が青白く光り輝いた。
光が収まると手の中にでっかい注射器が現れていた。
レトロなガラス製の注射器、ピストン部分にはルーン文字でなにかが書かれている。
ちなみになんて書いてあるか自分でも読めない。

〈おお？　なんだこれ初めて見るスキルだぞ〉

〈そりゃそうだよ、これレアスキルだからな。俺も初めて見た〉

俺は目の前のカスモフレイムを見る。
S級モンスターか……。
A級モンスターとかなら一万円でいいんだけど……。
S級なら二倍はいるかな？

「セット、二万円！」

すると注射器の中にエネルギーが充填され、同時に、

［フツウヨキン：104,000エン］

預金残高が減る。
俺はその注射器のぶっとい針を自分の二の腕にぶっ刺した。
そしてプランジャーを思い切り押し込み、俺の中へとエネルギーを注入する。

〈草　絵面がやばいな〉

〈ええぇ!?　残高をエネルギーに変えるってそういう方法かよ〉

俺の身体が軽く発光する。
よし、力がみなぎってきたぜ！

「インジェクターオフ！」

これで注射器が消える。
俺は腰に差していた刀をすらりと引き抜いた。

〈あ、こいつサムライなのか〉

攻撃魔法も使える戦士は通常〝サムライ〟と呼ばれる。ちなみにそう名づけたのは外国人で、なぜ魔法戦士がサムライなのかは謎だ。
そしてサムライは刀を使うのが一般的になっている。刀が先じゃなくて、名

前が先だったのだ。サムライって名前だから刀を使おう、っていう。
俺は刀を両手で持って、こちらを睨んでいるカスモフレイムに斬りかかった。

「おるぁあああ！」

だが。

「ガフフフゥン！」

俺の刀はカスモフレイムの角にあたると軽々と跳ね返された。カスモフレイムは、さらにその角で俺に向かって突進してくる。
なんとかその角の攻撃を刀で受けたが、壁まで突き飛ばされてしまった。

「げふっ」

生身なら大ケガだけど、俺はマネーインジェクションのおかげでほとんど身体的ダメージはなかった。
でも。

「いっっっっっってええ！」

痛いことは痛いのだった。
まじかあ……。
S級モンスターってつえええなあ……。
こりゃ、俺の預金残高でダイヤモンドドラゴンに会うなんて、最初から無理だったかもな。
まあしょうがない。
とりあえずは、今ここを乗り切らねばならない。

「インジェクターオン！　セット…………うーん、……十万四千円！」

もう残り財産全部だ。
これでだめなら俺たちパーティは全滅だ。
十万四千円分のエネルギーをさっきと同じく自分の上腕に注入していく。
ちなみに注射器の針はわりとぶっといので痛いんだぞ。

一気にこんなにたくさん充填したのは初めてのことだ。

全身に力がみなぎり、五感が研ぎ澄まされる。
再び刀を握り、そしてカスモフレイムへ突進していく。
カスモフレイムも頭を下げ、角を俺に向けて迎撃してくる。

「いっくぞおおおお‼」

十万四千円分のパワーが充填された俺の身体は力に満ち溢れている。
すべての筋肉が躍動し、集中力は研ぎ澄まされ、動体視力まで人間離れした
レベルに達していた。
カスモフレイムの細かな動きまでよくわかる。
俺は一瞬フェイントを入れ、それにつられて隙ができたカスモフレイムの角
へと刀を振り下ろす。
すると刀は、まるで常温のバターを切るかのようになめらかに角を切り落と
した。

「ガフゥゥゥン！！！」

角を奪われたカスモフレイムは、怒りの唸り声とともに俺に向かって体当た
りをしようとするが、俺はそれを闘牛士のようにひらりとよける。
勢いそのままに壁に激突するカスモフレイム、ドオン！　という轟音ととも
に床が揺れ、頑丈なはずのダンジョンの壁がビキビキッとひび割れた。

俺はマネーインジェクションのおかげで向上した俊敏さでそのカスモフレイ
ムに肉薄する。
カスモフレイムが体勢を立て直す暇も許さずその眉間に向かって刀を突きた
てた。
固いはずのカスモフレイムの皮膚も、俺の十万四千円のマネーインジェク
ションの前では柔らかい豆腐のようなもんだった。
なんの手ごたえもなくあっさりと柄まで刀の刃が埋まる。
すぐに刀をしゅっと引き抜くと、その傷口から血液がビューッ！と飛び出る。

「グオオオォォンッ！」

カスモフレイムの断末魔の叫び声。
そしてその巨大はゆっくりとその場に倒れていった。

〈すげえぇ！　Ｃ級がＳ級を倒したぞ！〉

〈このレアスキル強すぎん？〉

〈よくやった、それよりみっしーをなんとかしたげて〉

〈みっしーどうなった？〉

そうだ、あの子を助けなければならない。
俺は美詩歌と、その美詩歌に必死に治癒魔法をかけている妹の紗哩のところ
へと駆けよった。

「頑張って！　きっと助かるよ！　いくよ！　……あたしのマナよ、あたし
の力となりこのものの傷口を癒せ！　治癒(ヒール)‼」

紗哩が美詩歌を治療している。
だけど、美詩歌は片足を失うという大ケガを負っていて、紗哩の治癒魔法だ
けでは十分ではなさそうだった。
そもそも、Ａ級の紗哩だと失った足をくっつけて治すほどの治癒魔法は使え
ない。そういうのはＳ級以上の探索者しか使えないのだ。
と、その前に。

「悪いけど、いったん画面は消します」

そう言って俺は配信のカメラを切った。
音声のみ伝わるようにしたのだ。
なぜかって、美詩歌は今下着丸見え状態で、しかも片足をむごたらしく切り
落とされている。
十代の女の子がこんな姿を全世界配信されるなんて、かわいそうすぎるだ
ろう。
……正直、助からない可能性もあるし、世間の好奇の目に晒させるのはほん
とうにかわいそうだ。

「ええと、針山美詩歌さん、ですよね」

俺は確認する。
まあ言うまでもなく本人だろう、有名だから俺でも顔くらいは知っていたし。
いやー、まじで美人さんですわ、こんなに整った顔、実際に見ても人間のものとは信じられないくらい。
これは神様に選ばれた種類の人間だな。

美詩歌は俺の問いにかすかに頷く。
やはり治癒魔法だけでは回復しきれない。
俺のマネーインジェクションでパワーを注入してやれば、体力・精神力の回復が見込めるだろう。妹で何度もやってきたからわかる。
だけど、問題は……。

「セット、大志銀行。オープン！」

［フツウヨキン：0エン］

「セット、ようちょ銀行。オープン！」

［ツウジョウチョキン：0エン］

「金がねえええ〜〜〜〜〜！」

これじゃ、詰みじゃねえか？

「ねえお兄ちゃん、さっきYootubeの方にいっぱいサポチャ入ってたけど、あれは使えないの？」

そうか、あれを使えれば……。
でも、俺のスキルはあくまで銀行の預金残高次第、って聞いてたけどな。
Yootubeの場合、収益は次の月の決まった日に振り込まれるわけで、そのサポチャの金額自体をこのスキルで使えるんだろうか？
このチャンネル、紗哩が以前流行りの曲の踊ってみたでプチバズして再生数

を稼いだことがあるんで収益化自体はできているんだけど。

「まあ、やったことないけど試してみる価値はあるよな」

そして俺は叫ぶ。

「セット、Yootube！ 残高オープン！」

[※エラー]

だめかー。
ちょっとは期待したのになあ。
終わった。
俺たちの冒険はここで終わりだ。
使える預金がないってことは俺も無力、MPをほぼ使い切った紗哩も無力、あとはモンスターに食い殺されるしかない。

待てよ、ここで口座番号晒してリスナーに振り込んでもらおうか？
でもそれってどこの配信アプリでもBAN対象なんだよな。
AIが検知して瞬時にBANされるから無理、ってか今俺別にカードもなにも持っていないから晒したくても口座番号なんて覚えてないし。
これどうにかならんのか？

「セット、Yootube！ 残高オープン！」

[※エラー]

「くそ、頼む、通ってくれ！ セット、Yootube！ 残高オープン！」

[※エラー]

「セット、Yootube！ 残高オープン！」

[※エラー]

「ちっくしょおおおお‼」

何度やってもだめ。
思わずダンジョンの壁をぶっ叩いてしまった。
これさえ通れば生存ルートに入れるのに。
くそ、正直俺たち兄妹は死にに来てるからいいけど、この子を助けられない
のは悔しい。

「紗哩、せめてぎりぎりまで俺たちで命を張ってこの子を守ろう。この子が
生きていることは地上のみんなにも伝わってるし、もしかしたら救助隊が来
るかもしれない。なんとか……」

すると、美詩歌が息も絶え絶えな感じで言う。

「そんなの、だめだよ……。私のために命をかけるとか絶対だめ。みんな
で、生きて帰ろうよ……。あとね、私思ったんだけど、Yootube の収益
は Yootube から直接振り込まれるわけじゃないの。Yootube の親会社って
Gaagle でしょ？　だから、Gaagle AdSystem 経由なんだよ……。だから、そっ
ちを試してみて……？」

あ、なるほど。
さすが日本一の配信者、詳しい。

「セット、Gaagle AdSystem！　残高オープン！」

[ゲンザイノシュウエキ：1,228,432 エン]

「よっしゃ−−−−−−−−！」

「やった−−−−−−−−−！」

思わず紗哩とハイタッチして叫んでしまった。
日本一の配信者と同行して、そのサポチャが入るとなると……。
これは、この生還不可の最難関ダンジョンだとしても、俺のスキルで突破で
きるのでは？

そして、この美詩歌を連れて帰ることに成功したら、なんか数億円の謝礼金がもらえるとか……？
借金チャラじゃん！

「あのー、お兄ちゃん、あたし、なんか、すごく生きたくなってきた。絶対死にたくないんだけど」

笑顔で言う妹の顔を見て、俺は力強く頷いて見せた。
紗哩と一緒にまだまだ人生を生きるぞ！
まずは、この美詩歌を助けたい。
片足を失い、おそらくは大量に血液も失っている。
とんでもない痛みもあるだろうし、精神的・体力的にもう限界なはずだ。
俺のマネーインジェクションで全回復してやれないかな？
とにかく、どーんと金をつぎ込んでやろう。
金は命より重いと思ってたけどそんなことないな、その逆だ。

「インジェクターオン！　セット！　百万円！」

なにせ百万円だ、こんな高額なインジェクションは俺も初めて。
さて、まずはこの左足、なんとかならないかな？

「あのー、美詩歌さん」

「さんづけはいらないです。私より年上でしょ？　……みっしーでいいよ！」

「……みっしー……、さん……」

うーん、年下とはいえ、初対面の人をニックネーム呼びはコミュ障の俺はためらっちゃうなー。

「みっしーでいいってば！」

日本一の配信者ともなると、超コミュ強だからなー。

「はい、みっしー」

しょうがないんで、俺はみっしーのことをみっしーの言うとおりみっしーと呼ぶことにした。

「あなたの名前は？　あ、その前にまず言わせて！　……来てくれてありがとう！　あんな状態で独りぼっちでいて、すごく怖くて不安だったの。誰か人が来た！　って思った瞬間、人生で一番嬉しかったよ！」

太陽みたいに明るい笑顔で俺にそう言うみっしー。
やべーまじかわえええんだけど。

「で、名前！」

「あ、ああ、基樹だ」

「基樹さん！　いい名前！　それにそちらは……妹さん？」

「うんあたしは紗哩。更紗の"紗"にマイルの"哩"でシャーリーだよ」

「キャー！　やばい、素敵な名前〜!!　紗哩さん、大好き！」

絶世の美少女にこんなこと言われて紗哩は、

「ええ〜？　そうかなー？」

とか言ってデレデレしている。
コミュ強こえー。
いやコミュ力がどうのというより、この子自身がこういうキャラしてるってことなんだろうな。
なんか腕を壁にめり込ませて片足もがれてる女の子がこんなふうに話しているなんて、かなりシュールだ。

「じゃあみっしー、まずはその左足、なんとかならないか試してみるぞ」

俺はそう言った。

「え、腕からじゃないの？」

確かに、みっしーの右腕はテレポーターのトラップのせいで壁と同化している。
……そう、同化しているのだ。
こっちのが厄介そうな問題だったので、あと回しにする。

「いや、足から行こう。俺のスキルは"マネーインジェクション"。現金をマナ……つまりパワーに変えて、自分や他人に注入することができるんだ。自分のパワーアップとか、MPの回復とかもできるし、直接治癒スキルとしても使えるんだ」

「ほえーなるほどね、すごいね基樹さん、レアスキルだ」

「で、この注射器でパワーを注入するから……ほんと、ごめんだけど、お尻に打つんで……。こんな大ケガ治したことないからわからんけど、多分患部に近い方がいいと思うんだよな……。あの、ほら、太ももの根元から食いちぎられちゃってるし……」

「お、お尻……」

みっしーはその大きくて綺麗な瞳で、注射器のぶっとい針を見つめる。
まあ、確かにこいつの針はバカでかいし、それなりに痛いので怖いのは当然だ。

「すー、はー、すー、はー、すー、はー」

深呼吸をするみっしー。そして、

「……うん、しょうがないよね、ちょっとおっかないけど、基樹さんにおまかせだ！　お尻を出せばいいんだね」

そう言ってみっしーはお尻を俺の方に突き出す。
水色のショーツがいやに生々しい。

うう……妹以外の女の子の下着なんてこんなにもろに見たの初めてだぞ……。
みっしーは懇願するような表情で、真っ赤にした顔を俺に向けた。

「な、なるべく痛くないようにしてね……」

「あ、ああ……」

「ええと、パンツを脱いでお尻を広げたらいい……のかな？」

そして水色のかわいらしいパンツをずらそうとするみっしー。
その瞬間、俺は後ろから紗哩に目をふさがれた。

「ん？　なにしてるの、ふたりとも？」

不思議そうに尋ねるみっしーに対して、

「ちがーーーーーーーーーーーーう！！！」

思わず大声で突っ込んでしまう俺。

「お尻と言ってもお肉の方！　そっちの、そっちの、出口じゃなくて！」

するとみっしーは自分の勘違いに気づいたのか、

「ひゃーっ」

と短い悲鳴をあげた。

「あ、そういうこと？　うわ、恥ずかしい……。あの、なし！　今のなし！
忘れて！　忘れて！　はい、今の忘れたね!?　」

「はい忘れました！」

思わず敬語になっちゃったぞ、俺。

……ふう。

死にかけているのにこの緊張感のなさはなんだ？

やはりこれくらいの性格じゃないと、日本人一億二千万人のトップクラスに
君臨する配信者にはなれないってことだろうかね。

それにしたってビビったわ、女の子のあんな場所、見ちゃうとこだった。

俺、間一髪で大人の階段を上ってしまうところだった……。

いやまあ俺ももう二十代の大人なんだけどさ……。

「お兄ちゃん、なにボーッとしてるの、早く治したげて！」

「あ、ハイ」

俺は慌ててみっしーの尻たぶに、注射針をブスッと無造作に刺した。

ずぶり、と注射針が根元までみっしーのお尻の肉に埋まる。

「いだだだだだだだーーーーーっ！　きゅ、急に刺すのは意地悪だってば！」

「うわっ、ごめん」

言われてみればそのとおりで、俺はあまりに動転していたのだった。

しかし、俺と同じ立場に立ったDTで動転しないというやつがいるんだった
らここに連れてこい。

さて俺はプランジャーをぐいっと押し込んでパワーを注入する。

「いっっっっったあああぁぁぁぁぁぁ」

「すまん、もう少し我慢してくれよ……」

「いだだだだ！」

痛みで叫ぶみっしー。

さらにプランジャーを押し込み、パワーを注入していく。

自分の能力ながら、百万円分を注射したのは初めてのことだ。

どうなるかと見てたら——。

注入した瞬間、みっしーのお尻がシュバッと光った。

「熱い！　お尻があっつい！　あちちちちち！」

みっしーが叫ぶ。
そして、なにかが焦げるような匂いがして──。
ジジジッ！と、3Dプリンタで出力しているみたいに、みっしーの太ももの
根元から足が再生していく。

「あつい、あちち、いやこれまじで熱いんだけど、今どうなってる？」

みっしーが顔を歪めて尋ねる。
紗哩が嬉しそうにそれに答えた。

「みっしー、足が復活してきているよ！　すごいすごい！」

「え、まじで？　じゃあ我慢する！　……あちちちちち！　熱い、痛い、熱い、
痛い、あついたいいいいいぃ!!」

みっしーの悲痛な叫び声。

〈おいおい、どうなってんだこれ？〉

〈みっしー大丈夫か？〉

〈みっしー頑張れ！〉

〈みっしーの悲鳴だけ聞こえる・・・〉

〈がんばれー！〉

〈みっしー!!〉

「コメント欄でみんなも応援してるぞ、我慢してくれ」

「う、うん、みんなありがとー！　熱い熱い、あちち、み、みんな大好き……

あつーーーーい！」

どうにかこうにか、みっしーはその熱さと痛みに耐えきった。
時間にすれば十五分ほどだろうか？
みっしーの失われた左足が復活したのだ。

「どうだ、動くか？」

俺が聞くと、みっしーはその場でとんとんと軽く足踏みをする。
そして「おー」と嬉しそうな声をあげて言った。

「すっごーーーーーい！　治った！　治った！　基樹さん、ほんとにすっごい！　この能力、世界を救えるよ！　たったの百万円で片足治った！　ほんとすごい！　基樹さんのスキル、やばすぎ！」

たったの百万円とか言うけどさ、俺の金銭感覚だと、とんでもねえ金額なんだけどなー。

「みっしー、とりあえずこれ腰に巻いといて」

紗哩がみっしーの腰になにか布を巻いてあげている。
今まで履いていたボトムスは血まみれのぼろぼろでもう使いものにならないのでその代わりだろう。

「アイテムくるんでいた風呂敷で悪いけど……こんなもんしかなかったから」

「紗哩さんありがとうございます！」

「いいよ、紗哩って呼び捨てで。それに、ため口でいいからね！」

「うん、ありがと紗哩……ちゃん！　……風呂敷ってなんかレトロ」

「いやいや、すっごく便利だよ、ダンジョン探索にはマスト。かさばらないし、いろんなもの持ち運べるし、ちょこっと魔法をエンチャントしておけばいろいろ使えるし」

「そうなんだ。うわー、この風呂敷、おしゃれでいいね、けっこうかわいくない？」

みっしーの言うとおり、花柄の風呂敷だからわりとみっしーに似合っている。
薄い風呂敷だから水色のショーツが軽くシースルーで見えるけど、そうと知らなければわからないだろう。
しかしほんと、風呂敷巻いただけだなのにすごくガーリーで可愛らしく見える。
まあ美少女なんてものはなにを着せたって似合うもんだけどさ。
さて。
俺は今度は、みっしーの右腕を確認する。
肘のところまで壁に埋まっちゃって、どうしたってこれは外せそうになかった。

「じゃあ、次は腕だけど……これ、テレポーターのトラップで壁と同じ位置にテレポートしてしまったということは、多分、壁と同化しているんだと思う」

まあ、ダンジョン探索者にはごくまれに聞く話だ。

「え、じゃあこれどうするの？」

うーん、言いにくいなー。
言いにくいけどさー。
そんな俺の表情を見てみっしーの顔は少し青ざめる。
そして、みっしーは震える声で俺にこう聞いた。

「まさか………………き、切り取る……？」

俺は顔をしかめて頷いた。
みっしーは俺を見つめたまま唇をきっと引き締める。

「わかった。いいよ、やっちゃって……。いや、ちょっと待って、今画像止めているよね？　もう一度オンにして」

〈お？　うつった〉

〈うつった〉

〈復活した〉

次々と流れていくコメント。

〈みっしー無事だ、良かった〉

〈すげー、足が復活してる〉

〈お兄ちゃんすごすぎない？〉

〈このスキルやばすぎる〉

〈でもまだ右手が壁とくっついてるぞ？〉

「はいみんな、こんばんは！　みっしーです！　心配かけてごめんね！　いろいろあったけど、えーと、ここにいる基樹さんと紗哩さんのお陰でまだ私、生きてます！」

〈良かった〉

〈みっしーの声が聞けてまじ涙がでる〉

〈もうだめかと思った〉

「さて、今から、私、右腕を切り落とします！」

〈!?〉

〈は？〉

〈!?〉

〈どゆこと？〉

〈まじか、それしかないかとは思ってたけど〉

それを配信してやろうってのか、うーん、すごい配信者としてのプロ根性。

「で、みんなにお願いがあるの。ここにいる基樹さんはえっと、お金をパワーに変えるマネーインジェクション？ だっけ、そういうレアスキル持ちで、みんなの応援があると私の右腕も切り落としても復活できると思うの！ ほら、左足は復活したよ、見てみて！」

スラリとした足をカメラに見せつけるみっしー。

〈綺麗〉

〈エロい〉

〈みっしーの足細くて綺麗！〉

〈あたしは足より耳が好きだから耳を映して〉

〈SS級以上の治癒魔法じゃなきゃこれ無理だろと思ってたけど〉

〈みっしー足なげーな〉

〈お兄ちゃんすごいなほんとに足を一本復活させた〉

〈使い方次第でトップレベルのスキルだな〉

〈肌綺麗だよなー〉

「だから、えーと、あんまり直接的に言うとBANされるからきちんと言えないけど……」

そうなのだ、配信中にお金をねだる行為は規約によって禁止されている。

「えっとね、えー。うまく言えないや。あれなんだけど、つまりそういうことです！」

【￥50000】

【￥34340】

【￥100】

【￥50000】

【￥800】

【￥2000】

【￥34340】

【￥240】

……
…………
………………

ものすごい勢いでサポチャが入ってくる。

「うわー。すごい、お兄ちゃん見て！　こんなの見たことない……」

〈お兄ちゃん、俺たちのみっしーを助けてあげて！〉

【￥50000】〈金で解決するんならいくらでも出すぞ。ほんと頼むぞ〉

：同時接続数　112万人

★

「いい？　基樹さん、紗哩ちゃん。これから基樹さんがマネーインジェクショ
ンを使うときは、必ずそれを配信にのせてね？　で、ちゃんとアーカイブが
残る形にして」

硬い表情でそう言うみっしー。

「やっぱり、人気配信者ともなると、どんなことでも配信にのせちゃうんも
んなんだな」

俺がそう言うと、みっしーは大きな声で否定した。

「違うの！　そんなんじゃないの！　私は基樹さんがきっと私を生還させて
くれると確信してる。で、心配なのはそのあとのことなの。これをやってお
かないと、ダイヤモンドドラゴンよりも恐ろしいモンスターに人生を食われ
ることになるの！」

な、なんだと？
SSS級ダンジョンのラスボス、SSS級モンスターであるダイヤモンドドラゴ
ンよりも恐ろしいモンスター？
そんなの、いるのか？

「みっしー、なんのこと言ってるの？　そんなモンスター本当にいるの？」

紗哩がおびえた声で尋ねる。

「そうよ、教えたげる。そのモンスターの名は……」

みっしーはそこでほうっと一息ついて、そして、キッと俺たちを睨みつける
ようにして言った。

「国税よ！」

51

「は？」

「国税庁と税務署よ！　あいつらやばいから！　ほかの事務所の人だけど、税務調査に入られて財産全部持っていかれてた……。油断しているとすべてを奪われる……すべてを……。いい？　私たちは配信業としての必要経費として基樹さんのマネーインジェクションを使用するの、そうでしょ？」

「あ、ああそうだな……」

「なら、マネーインジェクションに使用したお金は当然、すべて経費よね？全額経費計上！　このスキルってさ、さっき見たところ確定前の収益額まで使用できるみたい。多分日本ではこのスキルについての前例がないからこれがどう判断されるか正直私にもわからない。だけど、あいつらは悪魔よ」

「みっしー、顔が怖いよ……」

「怖いのは税務署よ、どういう理屈をつけて課税してくるかわからないわ。だからそのリスクを避けるためにも、マネーインジェクション、特に高額のマネーインジェクションを使用するときは絶対に配信内でやること！　経費にするから！　わかったね？」

すげー迫力で言われた。
そ、そんなもんなのか……。
ダンジョン配信と税金……今まであんまり考えてこなかったな……。

「今回私がダンジョンに来たのも四百五十万円の稲妻の杖を経費計上するためだから」

それが今回のテレポーター事故につながったわけか。

「たとえ話をするね。たとえば十億円のサポチャがありました。そのうち九億円をマネーインジェクションで使いました。残りは一億円です。で、国税がその九億円を配信の経費として認めなかったら、税金は十億円に対してかかるの。半分くらい持っていかれるよ。わかりやすく言うと五億円を払えって言われる。手持ちが一億円しかないのに、五億円をどうやって払うの？

税金は自己破産しても免責されない、つまり逃げられない債務だから人生終わりよ」

迫真の語りだな。
十八歳でこのリテラシーはある意味モンスター級だわ。

「まあ、税金についてはわかったよ。じゃあ、さっそくだけど、ええと、セット、Gaagle AdSystem！　残高オープン！」

[ゲンザイノシュウエキ：1,483,220 エン]

すげーさっきの一瞬で百万円も入った。

「これ、みっしーの人気なら、一日で数億円入りそう……」

紗哩の言葉に、みっしーはかぶりをふった。

「ううん、そうはならない。なぜなら、Gaagle の規約で、一日にサポチャできるのは、一人五万円が限度って決まっているから。だから、一人のお金持ちが百億円サポチャしたくてもそれはできない」

なるほどなあ。
みっしーレベルだと、命を助けるのに数億円出す金持ちがいるかもしれんが、それはこの Yootube のシステム上無理ってことか。

「一人五万円までが上限で、サポチャくれる方の人数は有限。だから、せいぜい一日数百万円だと思うよ。まあ、今日一日だけについてはもっと行くと思うけど、何万円も毎日サポチャし続けられるほどの余力のある人は限られているから、日が経つにつれ少なくなっていくと思う」

ちなみにこういうときの会話は、マイクをオフにしてる。
基本的には俺が身に着けているボディカメラで撮影したものを配信していて、それとは別に紗哩もボディカメラを持っているから、そっちに切り替えることもできる。
このボディカメラは取り外して手持ちでも撮影はできるぞ。

さて、みっしーの説明でいろいろわかったな。
国民的配信者、みっしーが同行しているとはいえ、俺の能力を無制限に使えるわけではなさそうだ。

「さっきのカスモフレイムってS級モンスターなんだが、倒すのに十万円のマネーインジェクションが必要だった。このさき、SS級やSSS級と戦うこともあるかもしれない。そのときのために残高は残しておかないといけない。だから、スキルの発動するときは、その金額を十分に考慮しなきゃいけないんだな」

俺の言葉にみっしーは厳しい表情で頷く。

「私、yPhone持っているから、一応、私も配信はできるの。でも、基樹さんのスキルを最大限に生かすのにリスナーを分散させちゃいけないから、私は配信しないね。基樹さんのチャンネルにリスナーを誘導するのにちょっとだけはやるけど」

うむ。
いろいろ考えなきゃいけないな。

「んー、あたし難しいことわかんない……コクゼーってなに？　ゼーキンは消費税で払ってるよ？」

「うん、紗哩、お前は難しいことはお兄ちゃんにまかせとけ」

「はーい！」

「……二度と勝手にFXの口座開設したりするなよ……」

紗哩はかわいい妹だけど、アホなのが玉にキズなんだよなあ。
税金についてなにもわかっていなかったんだな。
万が一あんときFXで利益を得ていたとしても、納税とかしなかったんだろうな……それを思うと怖いな。
もう一生俺が面倒見てやろう。

「それはともかく、みっしーの腕を切り落とさなきゃならないな……。みっしー、悪いけど覚悟を……」

と、そこで俺の言葉を遮るようにしてみっしーが口を開く。

「FX？　紗哩ちゃん、そんなのやってたの？」

「うん！　楽しかったよ！」

「あれって、日本円とかドルとかユーロを買ったり売ったりして差額を儲けるってやつだよね？」

〈いろんな通貨で取引できるぞ〉

〈レバレッジっていう手持ちの金の二十五倍の金額まで取引できたりするやつもある〉

〈ってかシャリちゃん、そもそも去年自己破産してるなら二十五倍で取引とか無理でしょ、普通ならFX会社の方で拒否するよ〉

ところが紗哩はなぜか自慢げな顔で言うのだった。

「えっへっへー。実はねー、海外の超怪しい国の超怪しいFX会社だと五千倍までいけたんだよねー」

〈草〉

〈大草原〉

〈それは手を出したら駄目なやつぅ！〉

〈それって儲けは五千倍だけど、損も五千倍ってこと？〉

〈そうだな、手持ちは十万円しかないのに五億円分のユーロを買える。そしてその

ユーロの価値が二割下落したら一億円の損ってわけ〉

〈こないだの歴史的ユーロ安って二割じゃ効かなかったじゃん〉

〈払えないじゃん？　どうすんの？〉

〈大丈夫、ゼロカットシステムっていってそうはならない仕組みがある〉

「ところがそこの超怪しいFX会社にはそんなのなかったんだよねー」

サイドテールの毛先を揺らし、屈託のない笑みを浮かべる紗哩。
笑い事じゃないぞ、ほんとに。
みっしーが不安そうな顔で紗哩に尋ねる。

「じゃ、その借金、どうするの？」

「どうするもなにも、だからあたしとお兄ちゃんがこの生還不可能のダンジョンに来たんじゃーん」

〈なんでそんなにノリが軽いんだよw〉

〈シャリちゃんは馬鹿っぽくてかわいいなあ〉

〈そうは言っても妹が一億二千万円の借金つくってきたら失神する自信がある〉

〈それでこの心中配信につながるわけか〉

「いや、もうこの話題はやめてくれ。俺たち兄妹の恥なんだよ、ほんとに恥ずかしい……。さて、みっしー、その右手なんだけど」

「あー。やっぱ、切るんだよね……。さすがに怖くてお喋りで先延ばしにしてたけど」

うん、わかってた。
やけに不自然にFXの話に食いついたもんな。

まあ、腕を一本切るんだもんな。

怖くないわけがない。

今からこの刀であなたの腕を切り落とします、と言われて怖くないやつなど人類にはそういないだろう。

「まず、俺が刀で切り離す。マネーインジェクションするから、スパッと切り離せると思う。痛み止めが……あればいいけど、ないんだ」

「あはは、怖いね〜……。魔法で私を眠らせるとか、できない？」

それは名案だけど。

「ごめん、俺も紗哩も昏睡の魔法を覚えていないんだ……すまん」

「あはは〜じゃーしょうがないねー」

顔は笑ってはいるけど目が笑ってない。当然と言えば当然か。

「で、そのときの外傷性ショックとか出血性ショックで命にかかわることもある。だから、切り離すと同時に紗哩が治癒魔法をかける。止血くらいはできるはずだし、痛みもある程度収まると思う」

「いや〜怖いな〜……あはは」

ひきつった笑いのみっしー。

「んでもってすかさず俺がマネーインジェクションで腕を復活させる。さっき、左足は百万円で復活できたから、右手も同じ金額でいけると思う」

「は、ははは……。一日のうちに左足をモンスターに食いちぎられて、右腕を刀でぶった斬られる女の子って、世界で私だけ……だよね……？」

「まあそうだろうな」

「世界で唯一だなんて、いい体験だね！　……怖いけど……。じゃ、みんな、

応援よろしくね！」

【￥2000】〈みっしー頑張れ〉

〈これ、配信外でやれば？　配信中にやらなくても〉

〈そうだ、配信をいったん切ってやってくれ〉

「それはだめ！」

ビシッとみっしーが言う。

「私には配信者としての責任があるから！　やります！」

……責任じゃなくて税金対策だけどな。
でもよく考えたら、この場合課税されるのはチャンネルの所有者である俺だから、別にみっしーがそこまで自分の身体をはらなくてもいいはずだけど。

「このチャンネルは俺のチャンネル……」

それを言おうと思ったら、すかさずみっしーに遮られた。

「まかせて！　ダンジョン配信、世界に数あれど、美少女のこんな衝撃展開そんなにないでしょ！　この私が！　生き残るためのサバイバルなんて最高のエンターテイメントよ！」
そして俺に向かってウインクするみっしー。
やばい、ほんとに聖人か、こいつ？

「じゃ、やっちゃって！」

「ああ、じゃあ、やるぞ。インジェクター、オン！　セット、一万円！」

そして注射器を自分の腕に刺してパワーを注入する。
力が全身にみなぎってきた。
それを確認して、俺は刀を鞘から抜いた。

無銘だし、高級な刀じゃないけど、そこそこの切れ味の一振りだ。
刃がギラリと光る。
それを見たみっしーの顔が見る間に青ざめた。
……そりゃそうだ、こんな状態で怖くない人間なんて多分存在しない。
カタカタと細かく震え始めるみっしー。

「ちょ、ちょっと待って。やっぱ怖いから、あのね、目、目隠しして。紗哩ちゃん、なんか持ってない？」

「あ、うん、この風呂敷でいい？」

背負っていたバッグから風呂敷を取り出す紗哩。
こいつ風呂敷好きだよな。
それでみっしーの目をふさいでぎゅっと固く結ぶ。

「あ、あと、なんか噛むもの。噛むものほしい」

「じゃあこのタオル噛んでて」

紗哩がみっしーにタオルを噛ませる。
さて、用意はできたかな。
目隠しされ、タオルをぎゅっと噛みしめた美少女を前に、俺は刀を振りあげた。
なるべく痛くないように、スパッといかないと……。
狙いをよく定めて。

「ふー、ふー、ふー！」

みっしーは緊張で息遣いが荒くなっている。
俺も俺で女の子に斬りつけるなんて生まれて初めてだから緊張するなあ。
──よし、いくぞ！
俺は無言で刀を振り下ろした。

バツン！

鈍い音とともに、壁と一体化していたみっしーの細い腕が切り離された。

「んんぎゅ〜〜〜〜〜〜〜〜〜〜〜！」

みっしーが悲痛な声をあげてその場に崩れ落ちる。
血が噴き出てダンジョンの床を赤く染める。

「あたしのマナよ、あたしの力となりこのものの傷口を癒せ！　治癒(ヒール)!!」

すかさず紗哩がみっしーに治癒魔法をかける。
俺も急いでスキルを発動した。

「インジェクター、オン！　セット、百万円！」

痛みにのたうち回るみっしー。
目隠しして口にタオルをくわえたみっしーは足をバタバタさせて痛みに耐えている。
その身体を俺と紗哩で二人がかりで押さえつけ、俺はみっしーの腕に注射針を刺した。

「んんぐうううううう〜〜〜〜〜〜！」

〈やばい〉

〈みっしー頑張れ〉

〈何を見せられてるんだ俺たちは〉

〈頑張れ〉

〈助かる〉

〈がんばれ〉

〈加油〉

それから腕が復活するまでの十数分間、紗哩はみっしーに治癒魔法をかけ続けた。
……ＭＰ回復に紗哩にも注射してやらんとなー。

★

ピロリロリーン。

【緊急ニュース速報】
所属事務所によると、行方不明になっていた人気配信者の針山美詩歌さん（18）の無事を確認。命に別状なし。

★

チャラララーン　タリラリラーン（BGM）

「おはようございます！　今日は九月四日、月曜日。モーニングニュースの時間です。速報が入っています。昨日より新潟市の亀貝ダンジョンで行方不明になっていた人気配信者の針山美詩歌さん十八歳ですが、偶然居合わせた別のパーティの男女によって無事が確認されました。居合わせたパーティは、七宮基樹さんとその妹の紗哩さん兄妹の二人パーティだそうです。そのときの映像をご覧ください。なお、ショッキングな映像もありますので、ご注意ください」

【牛丸くんチャンネル】
《動画タイトル：みっしーを救いたい》
《サムネイル：みっしー聞け》
（若い女性が公園に立ってカメラ目線）

「みっしー……。みっしー。……みっしー。POLOLIVE所属の針山美詩歌。お前なにやってんだよ。あんなトラップにひっかかって死にかけてんじゃねえよ。
お前去年、あたしが税務調査受けて追徴課税受けたときに、あたしのことをあんなに怒ってくれたよな。
それで一緒に税理士さんの節税講座を受けに行ったよな。
あの動画はあんまり回らなかったけど、来年は一緒に確定申告行くんだって約束したよな。
いいか、絶対に生きて帰ってくるんだぞ。一緒に青色申告やるんだってあたしは信じてるからな。
あと稲妻の杖を全額経費計上はさすがに無理があるって税理士さん言ってたんだぞ」

「はい、それでは本日はスキルの専門家でいらっしゃいます井畑勘助さんに来ていただきました。井畑さん、この七宮基樹さんのスキル、"マネーインジェクション"ですけれども、どんなスキルなんでしょうか」

「はい、そうですね、極めてレアなスキルで、私もこのスキルを持っている人を世界で数人しか知りません。これは銀行の預金残高をパワーに変えるものなのですけれども、現在の探索者等級評価基準によりますと、残高によって等級が変動するというものになっています。しかしながらですね、私は個人的にこの等級の決め方は間違っていると思っていまして、このマネーインジェクションを持っている、ただそれだけでSSS級探索者と認めてもよいのではないかと、個人的にはそう思っているほどのスキルなんですね。具体的には極めて汎用性が高く、どんな状況にも対応できるんですね。レアスキルすぎて、評価基準が追いついていないんだと思います」

★

【みっしー】針山美詩歌さん（１８）生きてた模様

204 ニュースを語る名無しさん 202X/09/04(月)10:06:22.13
すげえ、みっしーの生足ほしい

205 ニュースを語る名無しさん 202X/09/04(月)10:10:45.89
草

206 ニュースを語る名無しさん 202X/09/04(月)10:15:12.67
＞204 あれ持って帰れたら売れそうだよな

207 ニュースを語る名無しさん 202X/09/04(月)10:19:34.21
生足ほしいのは特殊性癖

208 ニュースを語る名無しさん 202X/09/04(月)10:23:59.56
正直自分の足を持ってピースサインしているみっしー見て草生えた
あんなん笑ってまうやろ

209 ニュースを語る名無しさん 202X/09/04(月)10:28:12.33
＞207 いやあれファンなら絶対欲しいだろ

210 ニュースを語る名無しさん 202X/09/04(月)10:33:45.89
しかしこのマネーインジェクションって能力
さっきテレビでやってたけど強すぎてやばい

211 ニュースを語る名無しさん 202X/09/04(月)10:38:12.45
えぐいよな
みっしーと一緒にいたらサポチャ入り放題だしな

212 ニュースを語る名無しさん 202X/09/04(月)10:42:58.78
あれ金額によっては無限に強くなるらしい

213 ニュースを語る名無しさん 202X/09/04(月)10:47:23.12
カスモフレイム一撃だったぞ

214 ニュースを語る名無しさん 202X/09/04(月)10:51:45.67
悲報
ワイ氏、以前カスモフレイム相手に涙目逃走したことある模様

215 ニュースを語る名無しさん 202X/09/04(月)10:55:12.34
みっしーのファンはサポチャを惜しまないだろうしな

216 ニュースを語る名無しさん 202X/09/04(月)10:59:34.21
＞ 214　いや S 級モンスターだしな
あれを倒せる探索者日本に何人いるのって話だよ

217 ニュースを語る名無しさん 202X/09/04(月)11:03:12.45
みっしーそんな探索者に拾われてほんとラッキーだったな
やっぱ持ってるな

218 ニュースを語る名無しさん 202X/09/04(月)11:07:56.78
生足オークションにかけてくれないかな

★

【法律事務所チャンネル】
《ショート動画》
（中年のスーツ姿の男性がカメラ目線）

「質問来てた。SSS 級ダンジョンのラスボスはどのくらい強い？
答えは、世界最強。
実は世界でも SSS 級ダンジョンを攻略したことがあるのは数人しかいない。
今回 SSS 級ダンジョンで遭難したみっしーを連れて帰るには SSS 級ダンジョンの
ラスボス、つまり SSS 級モンスターのダイヤモンドドラゴンをやっつける必要が
あるんだけど、困難な道だと思われる。
成功したら世界一の探索者と言っても過言ではない。
無事を祈って見守りたい」

★

ズン♪　ズン♪　ズン♪　ズン♪　プーペペポポー♪（BGM）

（掛け軸が下がっている和室のイラスト背景）

「こんにちは、ふっくら魔女だぞ」

「こんにちは、ふっくら幽霊です」

画面両端に配置された、まん丸くデフォルメされた首だけの二人のキャラクターが掛け合いを始める。

「今日はサポートチャット、通称サポチャについて解説するぞ」

「サポチャ？　それはなにかしら」

「幽霊、お前よく Yootube で配信動画を見ているよな？」

「ええ、とてもおもしろくてついつい長時間見ちゃうのよね」

「パソコンで見ていると、動画画面の右側にチャット欄があるだろう？」

「あるわね。私もあそこのコメントで配信者やほかの視聴者とやりとりをして楽しんでいるわよ」

「ただのチャットだけじゃなくて、色のついたチャットがあるのに気づいたか？」

「ええ。なんだろうなーとは思ってたわ。あれはなに？」

「実はな、コメントを送るときに一緒に、配信者へ投げ銭を行うことができるんだぞ」

「投げ銭？」

「つまり、配信者へお金を払うことができるんだ。それがサポートチャット、通称サポチャだぞ」

「へー、そうなのね。それでなんの得があるの？」

「そうすると配信者にコメントが読まれやすくなる。何度もサポチャしていると配信者に名前を覚えられたりもするな」

「そうなのね」

「投げ銭の額によってコメントの色が変わるんだぞ。一万円以上の投げ銭だと赤だ。通称〝赤サボ〟という」

「名前を覚えられるだけじゃ金額に見合わなくない？」

「そもそも推しを応援するのに理由はいらないぞ。それに幽霊、考えても見ろ、自分の好きな有名人や推しに自分の名前を覚えてもらえるかもしれないんだぞ。お前の名前を知っている有名人なんているか？」

「いないわね。有名人どころか友人もいないわ」

「私は友人じゃないのか」

「魔女は親友に決まっているじゃないの。一番大切な親友よ。でなきゃこうして二人で解説動画なんてやらないでしょ」

「私もお前は最高の親友だと思っているぞ」

「「でへへへーー」」（顔を見合わせて笑う）

「で、魔女、今回サポチャを題材に選んだ理由は？」

「配信が流行しているからな。流行の解説しただけだぞ」

「で、本当の理由は？」

「配信者で稼ごうと思ってこのあいだ配信したら、リスナーがゼロ人だった」

チャンチャン♪

★

みっしー応援スレ　part 3584

725　名無し配信者さん　202X/09/04(月)14:12:15.66
　　みっしーを助けてくれてありがとう

726　名無し配信者さん　202X/09/04(月)14:16:43.12
　　ニュース見たとき声上げて泣いた
　　よかった

727　名無し配信者さん　202X/09/04(月)14:21:23.45
　　私も無事だって聞いた瞬間叫んじゃった
　　ほんとよかった

728　名無し配信者さん　202X/09/04(月)14:25:58.78
　　このまま無事に連れて帰ってきてほしい

729　名無し配信者さん　202X/09/04(月)14:30:34.12
　　妹の方もかわいいよな
　　アホっぽいけど

730　名無し配信者さん　202X/09/04(月)14:35:12.67
　　お兄ちゃんにはほんと感謝の言葉しかない
　　みっしーが生きててほんとによかった

731　名無し配信者さん　202X/09/04(月)14:40:45.34
　　俺はシャーリーちゃんも推すわ

732　名無し配信者さん　202X/09/04(月)14:44:12.23
　　　牛丸くんがみっしーを救いたいって動画だしてたけど
　　　正直今後あいつとの付き合い考えた方がいいと思う

733　名無し配信者さん　202X/09/04(月)14:48:59.87
　　　＞ 732 動画全部見た？
　　　後半は号泣しながらみっしーの無事を祈ってたんだぞ

734　名無し配信者さん　202X/09/04(月)14:53:23.56
　　　お兄ちゃんまじ救世主

735　名無し配信者さん　202X/09/04(月)14:57:45.12
　　　みし×シャリなのか、シャリ×みしなのか？

736　名無し配信者さん　202X/09/04(月)15:02:12.45
　　　シャリって寿司飯みたいだな

737　名無し配信者さん　202X/09/04(月)15:06:45.78
　　　＞ 735　お兄ちゃんは？

738　名無し配信者さん　202X/09/04(月)15:11:12.89
　　　お兄ちゃんは保護者だから

739　名無し配信者さん　202X/09/04(月)15:15:47.33
　　　もう気になりすぎてずっと配信見てる
　　　仕事も手につかない
　　　ほんと、無事で帰ってきてくれ

740　名無し配信者さん　202X/09/04(月)15:20:23.45
　　　お兄ちゃんもシャリちゃんもほんとありがとう
　　　みっしーを連れて帰ってあげてほしい
　　　サポチャは惜しまないぞ

741　名無し配信者さん　202X/09/04(月)15:22:47.21
　　　サポチャのために定期預金崩した

742 名無し配信者さん 202X/09/04(月)15:24:59.78
　俺も全力で行くわ

743 名無し配信者さん 202X/09/04(月)15:30:12.45
　お兄ちゃんほんとほんとありがとう
　絶対無事に連れて帰ってきてくれ

第二章

〈またS級モンスターだ！〉

〈コカトリスじゃねえか！〉

〈やばいこいつ強いぞ〉

〈頼む負けるな勝ってくれ〉

〈お兄ちゃんがんばれ〉

〈みっしー！〉

俺たちの目の前には、巨大なモンスターがいた。
頭部と胴体がオスのニワトリ、尻尾が蛇になっている、コカトリスと呼ばれるモンスターだ。
その等級はS。
A級までならともかく、S級以上のモンスターとなるとその強さは格別だ。
趣味でダンジョンに潜っているような一般の探索者ではとてもじゃないが相手にならないほどの力を持つ。
紗哩はA級、俺はC級、みっしーにいたってはD級だ。
普通なら俺たちごときのパーティなら、一瞬で全員殺されるはずだ。
だけど。
俺には、このレアスキルがある。

「インジェクターオン！　セット、Gaagle AdSystem！　残高オープン！」

[ゲンザイノシュウエキ：2,428,400 エン]

「セット、五万円！」

五万円分のパワーが充填された注射器を紗哩に向ける。

「肩出せ」

「うん！」

俺は紗哩の肩にぶすっと注射器をぶっ刺した。
プランジャーを一気に押し込み注入する。
紗哩はサイドテールの髪を揺らし、苦悶(くもん)の表情を浮かべる。

「んあっ！　ぁあん……」

〈ちょっとエロい〉

〈ぬける〉

〈助かる〉

こいつら人の妹に欲情しやがって。こいつは俺のだからやらん。

「紗哩、防壁を！」

「うん、わかった！」

そして呪文をぶつぶつと唱える紗哩。
両手を前に突き出して、叫ぶ。

「防護障壁(バリア)！」

すると俺たちの前に透明に光り輝く魔法の防壁が出来あがった。
俺はさらに続ける。

「セット！　五万円！　みっしー！」

「あ、うん」

今度はみっしーの肩に注射針を刺す。

「いだだだだだ！　やさしく！　やさしく！」

そうは言ってもなー。
これでもめいっぱいやさしくしてるんだが、俺のスキル、マネーインジェクションのインジェクター、つまり注射器の針ってかなりぶっといんだよなー。
痛いのは我慢してもらうしかない。
パワーを注入し終わると、俺はみっしーに言う。

「俺がつっ込むから、みっしーは弱体化魔法（デバフ）で援護してくれ」

「う、うん、わかった……。私、低レベル魔法しか使えないけど……」

「それでもいい、俺のマネーインジェクションでパワーアップしているはずだ。稲妻の杖の効果を使ってもいい。四百五十万円は伊達じゃない、杖の効果（バフ）にはマネーインジェクションの強化は効かないけど、そのままでも威力は通じると思う。じゃあ、紗哩、みっしー、行くぞ！」

そして。

「セット！　十万円！」

最後に自分自身に注射針を打ち込む。
よっしゃ、行くぞ！
コカトリスがそのクチバシで俺たちに攻撃をしかけてくる。
だけど、パワーアップされた紗哩の防壁に阻まれている。
その防壁を破ろうと何度もクチバシ攻撃するコカトリス。

「私の心の光よ、はじけよ！　はじけてきらめけ！　閃光（フラッシュ）!!」

そこへみっしーが閃光の魔法をかけた。
視力を低下させる一番低レベルのデバフ魔法で、普通ならS級モンスターに効くわけがない。
だけど、俺のマネーインジェクションでその効果は数倍にもなっていた。
コカトリスの目の前で、バシュッ！と小さな爆発のようなものが起き、それが作り出すフラッシュのような瞬間的な光がコカトリスの網膜を焼く。

「グゲェェェッ！！！」

「よし、よくやったみっしー‼」

俺は叫んで鞘から刀を引き抜いた。
視力を失ったコカトリスはその場で暴れ回ってなにもない空間をクチバシでつつきまくっている。
俺は後ろに回り、飛び跳ねた。
我ながら人間とは思えない跳躍力、これが十万円分の力。

〈すげー！〉

〈人間ができる動きじゃないな〉

〈もはや特撮だろこれ〉

〈SSS級の動画でもこんなん見たことない〉

十メートルは飛んだだろうか、暴れるコカトリスの首もとを狙って刀を振り下ろす。
──スパァン！
なんの抵抗もなく首が切り落とされた。
コカトリスはなにが起こったのかわからなかったのだろう、床に転がった首だけで「グギャギャギャァァァ！」と叫んでいたが、しばらくして動かなくなった。
首を切り離された体の方は、そのままトトト、と数歩進んでからバタリと倒れた。

〈瞬殺やんけ！〉

〈つえぇぇぇぇぇぇぇぇ‼〉

〈これまじでSSS級ダンジョンを攻略できるかも〉

【¥50000】〈今日の分です。これで俺のみっしーを助けてください〉

「私、君のみっしーじゃないからね！　でもありがとう！」

うん、ちゃんとお礼を言えるよい子だな、みっしーは。

「ありがとな！」

俺もお礼を言っとく。
正直、みんなからのサポチャが生命線なところがあるからな。
そして俺たちはこの勝利によって、ほんとに大きな成果を獲得したのだった。
俺たちの生存に直結する、大きな大きな成果。
それは。

「肉ゲットだぜぇぇぇぇ～～！」

「……でもお兄ちゃん、半分蛇だよね、こいつ……」

言われて見てみると、なるほど尻尾は蛇で、なかなか気持ち悪い。
でも、上半身（？）はニワトリなので……。

「チキンゲットだぜぇぇぇぇ‼」

もう一度叫んでおく。

「……これ食べるのかぁ……」

みっしーはうへぇ、といった顔でそう言った。

俺たち兄妹はもともと心中、つまり自殺するつもりでこのダンジョンに
潜った。
もちろん、途中で国民的人気配信者を拾って連れて帰ることなんて想像もし
ていなかった。
だから、持ってきている食料は、ほんとうに必要最小限。
水の入った水筒、簡易的な調理道具に少しの調味料。
あと米とレトルト食品とチョコレートバー。
インスタントコーヒーのスティック。

まあそんなもんだ。

普通、大掛かりなダンジョン探索っていうのは二週間から数か月にも及ぶことがある。
ヒマラヤの登山にも似ている、という人がいるくらいで、それなりの装備と荷物が必要だ。
だけど、生きて帰ってくる意志がない俺たちにはそんな荷物は必要なかったわけだ。

ここの亀貝ダンジョンは幸いにしてあちこちに湧き水が湧いているから水には困らない。煮沸したり紗哩の浄化魔法をかけないと飲めないけどね。
飲み水はそれでいいけれど、食いものを持ってきていない。
もともと二人パーティだったところに一人加わり、俺たちは三人になった。
このダンジョンを脱出するのにあと何日かかるのかわからないが、備蓄はすぐに底をつくだろう。
で、とにかく食料が必要だったのだ。

ダンジョン内でやっつけたモンスターは死体が残る。
なんの作用か知らんが血抜きをしないと腐敗も早くて数日で骨になって砕け散るけど。
試してみたんだけど、カスモフレイムとかは肉が固すぎて食えなかった。
でも、このコカトリスは半分ニワトリだ。
食えないってことはないだろう。
いやむしろ頼むから食えてほしい。

「あ、アイテムボックスドロップしたよ」

モンスターを倒すと近くにアイテムボックスが出現する。
中には貴重なアイテムが入っていることがあるけれど、ほとんどのアイテムボックスには鍵にトラップがしかけられていて、うまいこと解錠しないとみっしーみたいにひどい目にあうことになる。

鍵穴の中に磁石が仕込んであってそれが反応すると爆発するとか、逆に磁石の力を利用しないと毒ガスが噴き出すとか、鍵穴の中に小さなスイッチがあってそれを解除してから鍵を開けないとテレポートさせられるとか、そう

いう初見殺しのトラップのしかけがあるのだ。
だから、ダンジョン探索には盗賊スキルというものが必須なわけだ。

「……まあ、一応開けとくか……」

役に立つものが入っているかもしれない。

「セット、五百円」

注射を打ち込み、キーピックを手に取る。
俺は盗賊スキルを持っていない。
だから本来トラップ解除の技術はないのだが、ま、それもマネーインジェクションの力でなんとかなるわけだ。
だいたいのトラップはこのくらいの金額でパワーアップしとけば解除できる。
指先の感覚が鋭敏になって、ミクロン単位での動作が可能になるのだ。どんなに繊細な動作が必要だとしてもなんら問題がなかった。
地下八階なら五百円以上の価値があるものの可能性があるかな。

お、これは磁石方式だな。
ちょっと弄ってやると、カチン、と音がしてあっさり鍵が開いた。
ちなみに解錠後のアイテムボックスは魔法が解けてボロボロと崩れて土に還る。

〈うっそだろ〉

〈盗賊スキル持ちいないから絶対スルーだと思ったのに〉

〈ファッ!? 汎用性高すぎじゃね〉

〈トラップ解除までできるのかこのスキル〉

〈500円って安くない？〉

〈盗賊職の存在意義がいま消え去った〉

コメント欄がざわついているな。
正直、俺は妹以外とパーティ組んだことないからその辺はいまいちわからんのだ。

アイテムボックスの中は……がっかり、大したことのないただ魔法の杖が入っていた。
みっしーが持っている稲妻の杖みたいなレアアイテムじゃない、ほんと安物。
五百円になるかならないかくらいだな、赤字だ。
しょうがない、こんなこともあるさ。
今回はもちろん余計な荷物を持っていく余裕は一切ないので捨て置くことにする。

さてそれよりも。
メシだ。
目の前でいまだにピクピク痙攣している蛇のしっぽに向かって、紗哩が小さなナイフを取り出した。
そして悪そうな笑みを浮かべてナイフをなめるフリをする。

「へっへっへ、このあたしを前にしたやつはすべて肉片になる！」

「お前、こういうの昔から好きだよな……。ってか蛇の方からやるのか」

俺が食いたいのはチキンの方なんだよなあ……。

「お兄ちゃんお兄ちゃん」

片手にナイフを持った紗哩が俺の袖をひっぱる。

「ん、なんだ？」

「三百円分でいいからさー、……ヤク、打ってくれない？」

そして注射器で自分の腕を打つジェスチャーをしてにやりと笑う紗哩。

「ヤクって言い方はやめてくれ。誤解を招く。……どうしようってんだ？」

「決まってんじゃん！　こーんなでっかいモンスター、皮も分厚いしこんなナイフ一本じゃ皮はぐだけで三日かかっちゃうよ！　パワーアッププリーズ！」

もーしょーがねーなー。
三百円くらいならいっかー。

「インジェクターオン！　セット！　さんびゃ……うーん、千円！」

「おっほー！　お兄ちゃんふとっぱらー！　大好きー！」

「はいはいどこに打つ？　肩でいいか？」

「肩は痛いからやだー。ここ、ここ。二の腕の裏のとこ。前にインフルエンザの注射したときにさー、お医者さんがここが痛くないんだよって教えてくれた」

紗哩は腕をあげてそのポイントを指さす。
ちなみに紗哩の服装だとさー。
腕をあげちゃうと、わきの下が見えちゃうんだよなー。

〈わきー！〉

〈シャリちゃんのわき〉

〈わき助かる〉

〈わきかわいい〉

〈エッッッ〉

〈あたしはわきより耳派〉

【￥5000】〈今日のわき代です〉

〈お兄ちゃん、妹さんをお嫁にください〉

「絶対にやらん！　こいつは俺のだからな！」

「もー、お兄ちゃん、なに言ってんのー。そりゃもしあたしが妹じゃなかったらお兄ちゃんと結婚するけどさー」

〈ブラコンか〉

〈僕がお兄ちゃんですよ〉

〈あれ、俺もお兄ちゃんだった気がしてきた〉

〈俺、十八歳だけど紗哩ちゃんのお兄ちゃんだと思う。年下のお兄ちゃんはどうですか？〉

「あんたたちうるさい！」

紗哩が頬を膨らませて言う。

「ほら、お兄ちゃん、早くここに注射して」

俺はため息をついてカメラを手で覆った。

「なあ紗哩、この体勢で俺からだと、ブラジャーも丸見えだぞ」

「べつにいいよ、お兄ちゃんだし」

おっと、コメント欄のアホたちが騒ぎ始めたぞ。

〈そこ代われ〉

〈待って真っ暗で見えない〉

〈ふざけんなその手をどけろ〉

〈お兄様！　お願いです！　見せてください！〉

【￥30000】〈色だけおしえてください。お代は置いておきます〉

〈何カップですか!?〉

〈紗哩ちゃんの胸のサイズってどのくらい!?〉

〈色だけ！　色だけでいいからお願い！　教えて！〉

yphone でじぃっとそのコメントを見ていたみっしーが、ぼそっと言った。

「これ、私の事務所の人をモデレーターにしていい？　そしたらあんまりな
コメントはモデレーターに NG にしてもらえるからさ。永久 BAN でもいい
人ちらほらいるし」

「ん？　まあいいぞ」

〈すみませんでした〉

〈ごめんなさい〉

〈まじで許して〉

〈申し訳ございませんでした。今回だけは許してください〉

【￥50000】〈慰謝料〉

コメント欄の馬鹿たちとそんなふうにじゃれあいながらも、俺は紗哩にイン
ジェクションしてやった。

「うっし！　パワー満開！　やるぞー」

紗哩は袖をまくってコカトリスの解体にとりかかる。

あーあ、袖なんかまくると、またわきの下が見えるからあの馬鹿たち騒いでるだろうなー。

「へー、紗哩ちゃん、モンスターの解体なんてできるんだ」

みっしーが感心したように言う。

「ああ、あいつは小さいころから親の実家の田舎でニワトリしめるのとか大好きだったからな。野生児だよ野生児」

コカトリスの皮をはぎながら紗哩が抗議の声をあげる。

「野生児じゃないもん！　あたしは都会が似合う女！　うわ、ここの手羽元、おいしそう！　……コカトリスってヘビの尻尾の分、食べるところが多くなるのがお得だよねー。これ、どうやって料理しようかなー」

メリメリメリ！と音を立てて、コカトリスの蛇の部分の皮をはいでいく紗哩。

「……野生児だねー」

みっしーも同意してくれた。

「まああいつはこういうの得意だからな。みっしーは？　料理とかするのか？」

そう聞くと、みっしーは恥ずかしそうに上目遣いで答える。

「私、料理はいまいち……。食べるの専門なんだよね」

実は俺もそうなんだよな。
料理は家でもダンジョンでも全部紗哩におまかせしているのだ。

「保存加工するけど、まずはいったん腹ごしらえしよー」

と言う紗哩の言葉に甘えて、メシにすることにした。

俺たちの前に、ほかほかと湯気を立てているコッヘルが並べられる。
アウトドアやらない人に説明すると、コッヘルとはキャンプとかでよく使う
あれだ。
調理器具兼食器になって折りたためできる取っ手がついている、あれだあれ。
ダンジョン探索でもおなじみなアイテムなわけだ。
あ、俺のは飯盒とそのフタだけど。
すごくいい匂いが漂っている。
大きめの肉がたくさん入った二種類のスープだ。
うまそう。

「お肉がゴロゴロ入ったスープでーす！　塩で味付けしたのと、あとカレー
粉で煮たのがあるよ。どっちかがニワトリ部分で、どっちかが蛇！」

紗哩がいたずらっ子みたいな笑みでそう言った。

「……蛇かー……。どっちかなー……」

みっしーは二つのコッヘルを見比べている。
やっぱりこんな美少女は蛇なんか食べたくないのかな？とか俺が思ってい
ると。

「蛇ってどんな味なんだろー？　楽しみ！　ワニは食べたことあるけど、蛇
はないんだよねー。ワクワクするよね！」

さすが日本一の配信者。ノリノリだった。
まあそれはともかく俺はもう腹減りすぎておかしくなりそうだったので、

「とりあえず食うか。じゃあ、いただきます！」

と言ってハシをとる。
さて塩味のスープからいただくか。
すげぇな、ほんとに肉がゴロゴロ入っている。
肉片をつまみあげると、ほどよく脂がのったぷるんぷるんの肉。
鳥ガラダシのいい匂い。
それを口に放り込むと、

「あち、あち、あち……」

もちもちとした食感、でもしっかり歯ごたえはある、口の中に広がる脂の甘み。
うまいうまい！
あまりのおいしさに脳みそがとろけそうになる。
熱いのに、思わずがっついてしまう。
ダシがよく出たスープも絶品で、すするのを永遠に止められないぞ。

お次はカレー味の方。
とは言ってもカレー味は風味付け程度で、カレーの味ですべてを上塗りされてるわけではない。
こちらはさっきよりも硬めの肉で、口に入れると……うん、ささみ肉かな。
わりと歯ごたえはあるし、特に癖はない。
癖がないおかげで、これがまたいくらでも食える。
なんだろ、ささみ肉なんだけど白身魚の風味もプラスされていて、うん、絶対こっちが蛇だと思う。
ふと顔をあげて見ると、俺がわしわしと食べているのを紗哩がニコニコ顔で眺めていた。

「お兄ちゃん、おいしい？」

「おお、これはうまい。紗哩はほんとに料理がうまいなあ」

「えへへー。うれしー」

そんな様子をカメラで撮っているみっしー。

「おいおい、こんなとこまで撮るのかよ」

「いやいや、サバイバル生活では食事シーンこそがハイライトでしょ。よし、じゃあこのミニ三脚でここに固定して、と。じゃあ、私も食レポいきましょうかね」

そして肉をパクリとほおばるみっしー。

とたんにみっしーの顔が喜びに満ちて、その瞳が輝いた。

「んーーーー‼ これ、おいしーーー‼ いつか食べた地鶏よりもおいしいかも！ なにこれ、モンスターってこんなにおいしいの？ 濃厚なんだけど！」

「まあ運動量がそのへんのニワトリとは比にならないからな……鍛えこまれてる肉はそりゃ歯ごたえが抜群だよ」

「うまい、味の深みが違う！ このスープもやばいよ、味の深みがマリアナ海溝だよ！ あとこっちのカレー味は、と。モグモグ。んまー！ 肉の存在感すごい、でもこれあんまり食べたことない食感、こっちが蛇でしょ？」

「せーいかーい！」

「だと思った！ でも全然癖がないねえ、蛇とか見た目は臭そうなんだけど、獣臭さもないし、こりゃおいしいわ。紗哩ちゃん、ぜったいいいお嫁さんになれる！ っていうか、私のお嫁さんになりませんか？」

「えー、どうしよ、お兄ちゃん？」

「紗哩にはまだ早い」

「えへへ、だって、残念だったね、みっしー！」

〈うまそう〉

〈S級モンスターを食ってるぞこいつら〉

〈うわーほんとおいしそうに食べるな〉

〈シャーリーちゃん、俺がお嫁さんにほしい〉

〈むしろ俺がシャリちゃんのお嫁さんになりたい〉

〈いいこと思いついた。俺がお兄ちゃんのお嫁さんになればシャリちゃんが義妹に

なるよな？　俺男だけど〉

〈ところでそのＳ級モンスター、いままで人を食ったりしてないよね？〉

そのコメントを見てハシを動かす手をピタリと止める俺たち。
俺もハシでつまんだ肉片をまじまじと眺める。
いやそんなまさか……でもなあＳ級モンスターだしなあ……。

「いや、そんなこと言ったら海の魚だって食べられなくなるから！　大丈夫
だよ！」

みっしーの言葉にはげまされて、俺たちは再び鶏肉と蛇のスープを口に運び
始める。
いやだってまじでおいしいんだって、これ！
あと食わなきゃ身体がもたんし。

「うーん、でもこれどうやって保存食にするの？」

食後、みっしーが湧き水で食器を洗いながら聞いた。
湧き水が豊富なところがこのダンジョンのいいところだな。
さて、保存か。
この先、食えるモンスターばかり出てくるとは限らんし、保存方法は考えな
くてはいけない。
こんなとこで干し肉つくるってのもちょっと現実的じゃないしなー。
とは言っても、俺は紗哩のスキルを知っているからおまかせすることにする。

「紗哩、どうしようか？」

「んー、こんなの適当に塩ぶっかけて焼いておけばいいんじゃないかなー」

「カレー味のも頼む」

「はーい」

と、そこにみっしーが口をはさむ。

「あれ、そんなんで日持ちするの？」

紗哩は胸を張り、誇るように笑って答えた。

「えへへー、あたしのスキルをもってすれば簡単なんだな、これが！」

そう、俺がマネーインジェクションというレアスキルを持っているように、
妹の紗哩も独特のスキルを持っているのだ。
それが、これ。

「じゃじゃーん！　フロシキエンチャントー‼」

紗哩が取り出したのは、一枚のなんの変哲もない風呂敷。
この風呂敷に魔法をエンチャント、つまり魔法の効果を付与できる能力こそ
が紗哩のスキルなのだ。
物質に魔法をエンチャントする能力って、俺のマネーインジェクションに比
べれば、まあそこまで珍しくはない。
しかし、紗哩のそれは対象が風呂敷に限る、という限定的なもので、その分、
普通のエンチャントよりは使い勝手がいいところもある。
普通のエンチャントよりも素早く行え、その上効果が長いのだ。しかも、そ
の効果時間は紗哩が思いのままに操れる。

紗哩は焼いた肉を持ってきていたラップで巻いて、それを風呂敷で丁寧に
包む。
そしてその風呂敷に向かって、スチャッ！と左の手のひらをパーにして目の前
にかざし、右手の人差し指と小指をたてて風呂敷に向ける、というポーズを取
り（ちなみにこのポーズは別にまったくこれっぽっちも必要ないんだけど）、

「フロシキエンチャント！　リフレジレーション！」

と叫んだ。
とたんに風呂敷の内部に冷気が満ちる。
簡易的な冷蔵庫の出来あがりだ。

「うわ……便利すぎでしょー」

みっしーが言う。

「まあそうなんだけどね、あたしのこのスキル、ダンジョン内専用だからなー。探索にはいろいろ使えて便利だけど。地上でも使えればよかったんだけどね」

スキルというのはダンジョン内でしか使えないのだ。どういう理屈でそうなっているのかはしらんが、そういうもんなのだ。
さて風呂敷に包んだ肉をリュックに詰めていく紗哩。
不意の事故でテレポートさせられてしまったみっしーはほとんど手ぶらだけど、俺たちはそれなりの大きさのリュックを背負ってきている。
と、そこでみっしーが声をあげた。

「あれ、ってことはこの風呂敷にもなんかエンチャントされてる？」

そう、みっしーはフューリーウルフというモンスターに襲われ、片足を食いちぎられている。そのときに履いていたボトムスも引き裂かれちゃったので、今は紗哩があげた風呂敷を腰に巻いているのだ。

「へへへー、みっしー、なにがエンチャントされてると思うー？」

にやりと笑う紗哩。

「冷えてはないし……えっと、健康に被害ないよね……？」

「どうだろね〜〜〜えへへ、ちょっと感覚が敏感になるだけーー」

「感覚が……び……ん、か……はぇ!?」

「そう！　それを巻いているとねー、ちょっと触っただけでもーすっごい感じちゃって……」

「ひゃ〜〜っ！　待って待って、無理無理」

慌てて風呂敷を外そうとするみっしー、でもその下は下着しか着ていないのだ。
みっしーは風呂敷の結び目を結ぶべきか解くべきか迷っておたおたしている。

「え、ま、待って、どうしたらいいの、これ、え、待って」

それを見てケラケラ笑う紗哩。
俺は紗哩の頭をコツンと叩いて言った。

「やめとけ、そのからかい方は性格悪いぞ。嘘だよ、その柄の風呂敷はただ
丈夫になる魔法がエンチャントされてるだけ」

「えへへ〜ごめんね〜〜嘘でした〜〜」

みっしーは片足でだんだんと床を踏みつけてほっぺたを膨らませる。

「んもー！　意地悪すぎでしょー！　あーびっくりした！」

〈今日もかわいいみっしーいただきました〉

〈怒ったみっしーも最高に可愛いよなあ、大好き〉

〈シャリちゃん、まさかほんとにそんな風呂敷持ってるの？　何のために？　はぁ
はぁ……〉

〈その敏感になる風呂敷ほしい、最近旦那とマンネリだから〉

コメント欄の馬鹿どもは放っておこう。
さて、ダンジョン内にいると時間の感覚がなくなってくるが、今はもう地上
では深夜帯にさしかかっているところだ。
正確に言えば午後十一時くらいだな。

「よし、今日は寝るか、睡眠も大事だからな」

「あ、うん、その前に、お願いが……」

みっしーがぼそっと言う。

「なんだ？」

「えーと、基樹さんには……ちょっと言いにくいかな」

「んー？」

なんだ、なんの話だ？

「ね、紗哩ちゃん、ちょっと……」

紗哩を呼んでその耳もとでぼそぼそとなにかを言うみっしー。

「なるほど！　それは大変だねっ！　お兄ちゃん、配信の音消して、自分の顔でも映しておいて！」

あー。
はいはい。
わかったよ。
俺はその場で座り込み、カメラで自分の顔を映す。

〈ん、なんだお兄ちゃん、できれば女の子組を映してほしい〉

〈いやあたしはお兄ちゃんファンだからこっちのがうれしい〉

〈お兄ちゃん、こうして見るとかっこよく見える〉

〈ほんとだ、不思議だ、かっこよく見えるな〉

〈照明の角度のせいか？〉

〈奇跡の角度だな〉

「奇跡でも不思議でもねえよ！　なんで俺の顔がかっこよく見えると不思議

なんだよ！」

などとコメント欄とじゃれあっていると、みっしーと紗哩は二人してダンジョンの通路の角の向こうへと連れだって行く。
一応、なにかあると悪いので、そちらに神経は向けておく。
山岳登山なんかでもさ、女性はこういうときに事故が起きる可能性がけっこう高いんだ。
つまり。
おしっこしに行ったのだ。
妹だけならまだしも、今はみっしーもいるし、あんまり近づいてもいられない。
放尿音聞いて嬉しがる趣味は俺は持ってないしさ。
でも、ほんと、俺の見えないところでモンスターに襲われましたじゃあまじ危ないし、冗談抜きでこのタイミングは危険なんだ。

「いいかー、モンスターとかなんか来たらすぐに叫べよーホイッスルでもいいぞー」

「はーい。わかったよー」

みっしーのときもそうだったけど、声も出せない状態ってのはあり得るから、救助要請用のホイッスルを俺と紗哩は首にかけている。
探索者のたしなみだ。
……。
…………。
………………。
うーん、通路の角の向こうで、チョロロローっていう水音が聞こえるなー。
どっちのなんだろ。
ま、考えないでおこう。
あ、水音が重なったわアンサンブルだな。
まあ余計なこと考えずに周りを警戒しておこう。
ダンジョン探索なんて綺麗ごとじゃ済まんからなー。
男女のパーティでは絶対にこういうタイミングはある。
それは避けられないことで、そして、それこそがもっとも危険な瞬間なのだった。

借金背負ったので死ぬ気でダンジョン行ったら人生変わった件
やけくそで潜った最凶の迷宮で瀕死の国民的美少女を救ってみた

ピーーーーーーーーーーーッ！

ホイッスルのけたたましい音が鳴った。

俺は無言でダッシュする。
ここで「どうした!?」なんて叫ぶのは素人のやることだ。
ホイッスルが鳴った以上、なんらかの異常事態、おそらくは敵襲があった可能性が高い。

自分がその敵だったとしよう。
弱そうな人間の女二人、ちょうどいい、襲って食ってしまおう、というときに、背後から別の人間の声が聞こえたら？
そっちにも警戒するだろ？
ホイッスルを鳴らす時点で仲間がいるかもしれないことはわかるだろうが、いつどこから加勢が来るかを教えてやる義理はない。
俺は口の中だけで呟く。

「インジェクターオン。セット、十万円」

手の中に現れた注射器を走りながら雑に腕に打つ。
そして刀を抜いて――。
通路の角でいったん止まる。
紗哩もカメラを持っているんだからタブレットで確認するって方法もあるかもしれんが、まあ普通女の子がトイレするときにカメラの電源を入れてるわけがないもんな。
だから、壁に背中をつけ、一瞬だけ顔を出して状況を確認する。
倒れている紗哩、その紗哩を守るようにあたりを警戒しているみっしー。
その手には稲妻の杖。
さて改めて俺も周辺に視線を巡らせる。
気配もないし、なにも、誰もほかにはいないようだが……？

「みっしー、俺だ」

俺はそう声をかけてから角から姿を出す。
みっしーは俺の顔を見るとほっとした表情になる。

「基樹さん……なにかが、私たちに襲い掛かってきて……紗哩ちゃん、すぐにホイッスル吹いたんだけど、噛みつかれたみたいで……」

「そうか、紗哩は？」

見ると、倒れている紗哩の首すじからは血が流れている。
くそが、俺の妹になにをしやがる。
首に手を当て脈を取る。
うん、ちゃんと心臓は動いている、生きてる。
正直、生きてさえいれば俺のマネーインジェクションでなんとでもなる。
と、次の瞬間。

「基樹さん、危ない！」

みっしーの鋭い声に俺はすぐ反応し、後ろを振り向く。
目に入ったのは鋭い爪。
もし前もって十万円分のインジェクションをしていなかったら対応できなかっただろう。喉元を掻き切られていたかもしれない。
ほんの数センチのところでその爪をのけぞってかわし、刀を構える。

そこにいたのは、少女だった。

十歳くらいの、淡い水色のドレスをまとった、かわいらしい少女。
恐ろしいほど真っ白な肌に赤い瞳、赤い唇。
覗く二本のでかい牙は血で赤く染まっている。
その爪は鋭く十センチほども伸びており、毒々しい真っ赤。
少女は凄みのある表情で、

「えへへへへへへひひひひひひ」

と笑い、俺に爪で襲い掛かってきた。

〈またS級だ〉

〈ヴァンパイア！〉

〈このダンジョンやばすぎだろＳ級しかいない〉

〈シャリちゃん大丈夫なのか？〉

〈シャーリーちゃん噛まれた？〉

刀で爪を受け止める。
ガキィン！
響く金属音。
くそ、ほんとに爪かこれ、感触が硬すぎるだろ。
それにとんでもないパワーだ。

ヴァンパイアの少女はドレスのスカートをひらりと舞わせ、それはそれは見
事なフォームで俺にローキックをかます。
まともにくらってしまった。
膝上に激痛が走り、後ろに倒れこもうというところで背中がダンジョンの壁
にぶつかった。
ヴァンパイアが満面の笑みを浮かべて俺に噛みついてくる、まずい、噛まれ
る、そう思った瞬間、

「サンダー‼」

みっしーの叫びとともに稲妻の杖の魔法が横からヴァンパイアを襲った。
ヴァンパイアの全身が電気と高熱に包まれた。激しく燃える炎が舞いあがる。

「グァウ！」

炎に焼かれたまま飛びのいて距離を取るヴァンパイアの少女。

「ふー、ふー……」

俺たちを睨みつけるヴァンパイア、でもまだ笑顔のままだ。
どういう素材でできているのか、水色のドレスは全く焼け焦げていない。

「えへへへへへへ……いひひひ……」

不気味な笑い声とともに、ヴァンパイアの背中からコウモリのような羽が生えてくる。
そいつをバサバサとはためかせて、ヴァンパイアは宙に浮いた。

〈やばい、俺こいつネットで見たことあるぞ!?　ネームドのヴァンパイアじゃね?〉

〈ネームド?　モブじゃないボスクラスモンスターってことか!?〉

〈だとすると SS 級だぞ?〉

〈とにかくシャリちゃんは無事なのか?〉

〈出てくるモンスター全部レベルが高すぎて見てるだけで怖い〉

「インジェクターオン!　セット、五十万円!」

ヴァンパイアから目を離さないまま、右手に現れた注射器を太ももにぶっ刺す。
もし SS 級のヴァンパイアだとすると、とんでもない強さのはずだ。
そして、紗哩の状態も気になる。
俺は刀を両手で構える。

「ハァァァァァッ!」

強い吐息のような声とともに、ヴァンパイアが俺に向かって一直線に飛んできた。
速い。
右手の爪の攻撃をかわし、左手の爪を刀で受け止める。
またもや下段の回し蹴りをかましてくるが、同じ手にはひっかからない。
膝をあげてそれを受け止める。

「ガハァァァッ!!」

大きな口、でかい牙。
噛みついてくるところを今度は俺がみぞおちに向けてまっすぐに前蹴りを入れる。
空中で態勢を崩すヴァンパイア、俺はその首を狙って刀を振るおうとふりかぶり——。
急に両肩に痛みを感じた。
なにものかに後ろから肩をつかまれたのだ。
なんだ⁉

「紗哩ちゃん、やめて！」

悲鳴のようなみっしーの声。
くそ、まさか……。
そう、紗哩が俺に爪を立ててつかみかかってきていたのだ。
ヴァンパイアに血を吸われた者は、ヴァンパイアになる。

伝承どおり。

ただし、噛まれた直後であれば、噛んだヴァンパイアを滅せば人間に戻れるはずだ。
紗哩の爪が俺の肩にくい込む。

「紗哩、悪い！」

俺は叫んで振り向きざまに紗哩の身体を振りはらった。
マネーインジェクションでパワーアップされている俺の力で、紗哩は壁に吹き飛ばされる。

「うぐっ」

壁にぶつかってうめき声をあげる紗哩、でもすぐに顔をあげて俺を見る。
その瞳は赤く変化し、牙が生えていた。
俺に懐いてまとわりついてくる、いつもの紗哩の表情ではない。
自我も失っているのか⁉　くそ、なんてことしやがる、俺の妹だぞ！
早いとこヴァンパイアを倒さないと。

だが、こいつは動きも素早いし、力も強い。
そんなに簡単に倒せそうもなかった。
俺は床を蹴ってヴァンパイアに斬りかかろうとして──。
ヴァンパイアは身構えて俺の攻撃を待ち受ける。
それを見て俺は急に方向を変えてみっしーに駆けよった。

「インジェクターオン！　セット、百万円！」

「はぇ？」

そして有無を言わさず、みっしーの肩にぶすりと注射器を刺す。

「いだだだ！　え⁉　あ⁉　なに⁉」

「みっしー、頼む、さっきと同じくあの魔法を使ってくれ」

「あ、う、うん！」

そして改めてヴァンパイアの少女に向き直る。
ヴァンパイア化した紗哩も距離を取って俺を狙っているようだ。
俺は今度はヴァンパイアにダッシュするフリをして、またフェイント。今度
は紗哩に向かって走り──抱き着いた。

「がぁ⁉」

紗哩は俺を引きはがそうとするが、マネーインジェクション済みの俺の力の
方が強い。
俺は紗哩を抱きすくめたまま床に倒れ込み、壁と床のあいだの角に押し込む。
そして叫んだ。

「みっしー、頼む！」

「あ、う、うん、私の心の光よ、はじけよ！　はじけてきらめけ！　閃光‼」

ヴァンパイアの弱点。

それは、古今東西変わらない。
日光。
強い光こそ、やつらがもっとも忌み嫌うもの。
百万円分のインジェクションを受けたみっしーの閃光の魔法は、ヴァンパイアの目の前で小さな光球となってはじけた。
本物の日光と同じ効果というわけにはいかない、だがその光は確実にヴァンパイアの肌を焼いた。
俺は紗哩をその光から自分の身体を盾にして守る。

「アァァァァァァァァアッ！」

ヴァンパイアが腕と羽をバタバタさせて苦しんでいる。
全身が焼け焦げ、ゆっくりと灰になりつつある。
俺が盾になっているとはいえ、俺の身体からはみ出た紗哩の手足の皮膚も焼け焦げ始めている。

「くそ、紗哩がんばってくれ！」

手足を失ったくらいなら俺のマネーインジェクションでなんとでもなる。
俺は頭や心臓など大事な部分だけは光にやられないよう、ただただ必死で紗哩を抱きしめた。

しばらくすると、魔法の効力が切れて光がやんだ。
俺はそれと同時に立ちあがる。
よかった、紗哩は手足こそ焼け焦げているが、まだバタバタ動いている。
だけど。

光にやられた紗哩の手足の皮膚がジリジリ焼けていき、どんどんとその面積が広がっていく。
今や肩や太もものあたりまで焼け焦げ始めている。
やばい、このままだとバイタルパートまで広がって行きそうだぞ。
急がないと致命傷になりかねない。

俺は今度こそヴァンパイアに向かってダッシュする。
ヴァンパイアは光のせいで全身から煙を吹き出して苦しんでいる。

俺に対処する余裕はないようだった。
そのヴァンパイアの正面に立ち、俺は脳天からまっぷたつにするようにして、刀を振り下ろした。

「くはぁぁぁ！」

叫び声をあげてヴァンパイアの身体は縦にまっぷたつに割れた。
だが、人類の脅威として知られたヴァンパイアがこの程度で死ぬはずがなかった。

「いひひひひえへへへへへへ」

まっぷたつになったまま、また笑い始めやがった。
だがその笑みもここまでだ。

「うおらああああ！！！」

俺は叫び声とともに、まっぷたつになったヴァンパイアの身体をさらに細かく切り刻む。
ヴァンパイアといえど、マネーインジェクションによって強化された俺のスピードとパワーの前では切り刻まれるだけの人形に等しい。
その身体はバラバラになり──そして細かい赤い霧となって散り散りになっていき、嘘のように掻き消えた。
……やった、のか？

「紗哩は!?」

俺は妹に駆け寄る。
紗哩は壁に寄りかかるようにしてへたり込んでいて、ガタガタと全身を震わせていた。
汗をどっさりかいていて、サイドテールにしている明るい色の髪の毛がほっぺたにくっついている。
光に晒された手足からは焦げたいやな臭いとともに煙が出ているが、火傷の広がりは収まってきているようだ。

「紗哩！　俺がわかるか!?」

うつろな目で俺を見る紗哩。
赤かった瞳は普段どおりに戻っている。

「牙は？　牙は、もうないか!?」

指で無理やり紗哩の口を開けさせる。
……うん、牙はもうない。
よし、確実にあのヴァンパイアをやっつけられたってことだ。

「……お兄ちゃん……？」

「よかった……。大丈夫みたいだな……」

心底ほっとする。
俺にとって一番大事な、たった一人の妹なのだ。
無事で、本当によかった。
そこに、みっしーもふらふらした足取りで近寄ってくる。よほどの恐怖だったのか、その顔は泣きそうだ。

「紗哩ちゃん！　大丈夫？　大丈夫なの？　あーもう、びっくりした、怖かった、どうしようかと思ったよ、もう、ほんとによかったぁ！」

そして紗哩にぎゅうっと抱き着いて安堵の声をあげる。

〈倒したー!!〉

〈銀の銃弾なしでもいけるんだな〉

〈閃光の魔法でヴァンパイアにダメージ入るのか〉

〈お兄ちゃんのスキルやばすぎだろ〉

【¥10000】〈すごいお兄ちゃんかっこいい〉

〈特定した。やっぱりネームドだぞあいつ。アリシア・ナルディだ〉

〈名前付きのSS級ヴァンパイアを倒したってこと？〉

〈400年前の書籍にも記述がある伝説のヴァンパイアじゃねーか〉

〈ダンジョンができる前から存在してたモンスターかよ〉

【￥50000】〈みんな無事でよかった〉

〈みっしー、パンツ上げ忘れてるよ〉

「!?　ひゃーーーーーーっ!!」

そのコメントで、みっしーが悲鳴をあげた。
なるほど、おしっこの最中に襲われたもんだから、パンツをあげきるひまもなかったらしく、水色のショーツが中途半端に太もものあたりまでにしかあがっていない。
っていうかみっしーの太もも、めちゃくちゃ肌が綺麗で、そこにショーツの水色がすごく映えるなー。
なんかこう、芸術作品みたいに綺麗。
思わずまじまじと眺めてしまった俺の顔を見て、みっしーは、

「ひゃーーーっ!!」

ともう一度悲鳴をあげた。
みっしーはうわ、人間の顔ってこんなに赤くなるもんなの？ってくらい顔を真っ赤にして、

「カ、カメラだめ！」

と泣きそうな声で言う。
言われて俺はすぐにカメラを手でふさぐ。
すげー、耳も真っ赤だ、さっきのヴァンパイアの瞳より赤いぞ。

「も、基樹さんもあっち向いて！」

「おう、悪い」

みっしーは慌ててパンツをはきなおしているようだ。
やっぱり十八歳の女の子、こういうのは恥ずかしいんだろうな。
……初めて会ったときに俺にお尻を広げて見せようとしたのは忘れてやろう。
ま、あれも命がかかっていた場面だからしょうがないか。

「あっぶな！　下半身まるだしでカメラにうつるとこだったよ……」

そもそも下半身にはスカート代わりに風呂敷を巻いているだけなわけで、多
分おしっこするときはそれも外してたんだろうな。
その風呂敷もかなり雑に巻いてあったんで、よっぽど慌てたんだろう。
……ヴァンパイアに襲われて命の危機だったわけで、慌てて当然だけどさ。
しかしまー、実は、俺はそれよりも気がかりなことがあったので、正直みっ
しーのパンツどころではなかった。

「なあ、コメント欄のみんな……ヴァンパイアに詳しいやつ、いる？」

〈ヴァンパイアに詳しいやつ？〉

〈俺はわからんぞ〉

〈私、卒論がヴァンパイアだったよ、まだ家に資料ある〉

「じゃあ聞きたいんだけど……ヴァンパイアに噛まれたら、ヴァンパイアに
なる。噛んだ元のヴァンパイアをすぐにやっつければもとにもどる。そこま
では俺も知っているんだけどさ。じゃあ、ヴァンパイアに噛まれて新しくヴァ
ンパイアになったやつがいるとするよな？　その新ヴァンパイアに噛まれた
直後に最初のヴァンパイアをやっつけちゃった場合……どうなる……？」

「え、基樹さん、それって……」

パンツをはきなおしたみっしーに、俺は腕を見せた。
そこには、紗哩の牙によってできた二つの穴。
血がたらーっと流れ出ている。

「さっき、紗哩に噛まれてしまった」

しばらくしてから、コメントが来た。

【￥100】〈卒論で使った文献をちょっと調べてみました。レアケースだけど、前例
がないわけじゃないみたいです。
ヴァンパイアになりたてのヴァンパイア、今回の場合はシャーリーちゃんのことで
すね、シャーリーちゃんは他人をヴァンパイアにする力がまだ弱い状態でした。
さらに別の人間の血を吸った直後にもとのヴァンパイアが倒されて人間に戻りまし
た。その場合、シャーリーちゃんからの魔力の供給も失われるから、血を吸われた
人間、つまり基樹さんが完全にヴァンパイアになることはない。
ただし、吸われた人間である基樹さんは後遺症として二週間ほどは不完全ながらも
ヴァンパイア化します。あの、最高に言いにくいですが、このときシャーリーちゃ
んをその、やっつけると（すみません）、基樹さんは即座に人間に戻りますが、も
ちろんそんなことは不可能ですから、二週間は半ヴァンパイアとして過ごすことに
なります。
そのあいだは日光に弱く、生命の維持に人間の血液を必要となります。一日に二回
ほど、それぞれ100ccほどの人間の生き血が必要になるそうです。
血を吸わないと命の危険があるほど衰弱するみたいです〉

「……サンキュー、めちゃくちゃ詳しくて助かったぜ。よくわかった」

やはりネットっていうのは、いろんなことに詳しいやつがいて助かる。

「ぐすっ、お兄ちゃん、ごめんね……あたしがお兄ちゃんを噛んじゃったか
ら……ひっく、ひっく」

泣いている紗哩の頭をやさしく撫でてやる。

「お前のせいじゃないさ。お前はなにひとつ、悪くない。悪いのはあのヴァ
ンパイアだからな。モンスターとの戦闘ではいろんなリスクがある。俺はお

前を守れただけで、すごく嬉しいぞ」

「うん、うん、お兄ちゃんごめん、お兄ちゃん大好き！」

俺に抱き着いてくる紗哩。

「俺もお前のこと好きだぞ」

俺の胸に顔をうずめる紗哩の頭をポンポンしてやる。

〈てえてえ〉

【￥1500】〈兄妹愛〉

〈尊死〉

〈俺、お兄ちゃんの妹になりたい。男だけど〉

〈私、お兄ちゃんの妹に生まれたかった〉

〈じゃあ俺はみっしーの子供に生まれる。みっしーから産まれるってことはつまりみっしーの……〉

「あんたなんか私の子供じゃありません！　よそんちの子になりなさい！」

みっしーがコメントとケンカ（？）している。
とりあえず疲れた。
正直、疲れ切ってしまった。

「今日は休息をとろう。一応、順番に寝よう。まずはみっしーと紗哩が休んでくれ。俺は見張りをしてる。なんかあったらホイッスルで叩き起こすからさ」

「でも、お兄ちゃんから休んで……」

「俺はあとでいいから、まずお前らから休んでくれ」

みっしーと紗哩がダンジョンの床に横になる。
ないよりはましかと思って、風呂敷をかけてやった。
二人とも疲れ切っていたのだろう、横になったかと思うとすぐに寝息を立て始めた。

二人の寝顔を眺める。
紗哩はいつもどおりかわいいなあ。
ぷるぷるのほっぺたに俺の血がついている。
指の先でこすってやると、「うーん」と寝返りをうった。

みっしーもさすが日本随一の美少女配信者、寝ている表情も綺麗だ。
テレポーターの罠でSSS級ダンジョンの地下八階にたった一人で飛ばされて、左足をモンスターに食いちぎられ、その状態で一人でずっと救出を待って生き延び、右腕を刀で切り離された。
普通の人間の一生分の災難を受けたと言っていい。
これでちゃんと正気を保っていられるのはとんでもないメンタル強者だなあ。
きちんと、守ってやらないと。
そういや、残高はあといくら残っているんだ？

「セット、Gaagle AdSystem！　残高オープン」

[ゲンザイノシュウエキ：842,000 エン]

さっきのヴァンパイアとの戦闘で百六十万円くらい使ってしまったからな。
今日はもう深夜になるからこれ以上のサポチャはそうそうたくさん入らないし、明日は……火曜日か、平日だからこれも昼間のあいだはそんなにサポチャが入らないだろう。
明日の夕方までは動き回らない方がいいかもしれない。

……うん俺も眠い、というか死ぬほど疲れている。
肉体的な疲労はマネーインジェクションで多少は癒せてる気がするけど、精神的な疲労がめちゃくちゃたまっているぞ。
しかし、二週間のあいだ半ヴァンパイアか。
ってことは、このダンジョンを抜け出せるとしても、ダンジョン内にいるあ

借金背負ったので死ぬ気でダンジョン行ったら人生変わった件
やけくそで潜った最凶の迷宮で瀕死の国民的美少女を救ってみた

いだはずっと半ヴァンパイアでいることになりそうだ。

……なんだか、血がほしいような気もする……。

みっしーの白くてなめらかな首元の皮膚を見てたら、よだれが出てきた。
めっちゃ噛みつきたい。
うまそー‼
その衝動を抑えながら、俺は眠り込んじゃわないよう、立ちあがって妹たちの寝顔を眺め続けた。

結局、交代で昼過ぎまで寝てしまった。
途中起きてはコカトリスの肉をガツガツかっくらって、また寝入る、それを三人で順繰りに繰り返し、配信で雑談とかしていたらもう夕方だ。
俺は慎重にカメラの向きを調整する。
ぎりぎり、膝上まで。
足元から、膝上までは映るようにする。
絶対にそのラインを死守し、そこから上は映らないように慎重に、慎重に、なんどもテストを重ねた。

「よし、みっしー、紗哩、いいぞ」

「はーい、お兄ちゃん！ ……お兄ちゃんも、こっちは絶対向かないでね！」

残高が少ないこともあり、また俺たちの疲労も極限まできている。
したがって、今日一日は探索をやめ、休息にあてることとしたわけだ。
だから、ダンジョンの中で比較的明るくて安全そうな水場を発見し、そこで休むことにしたのだ。
ま、水場だからモンスターとかが水を飲みに来るかもしれんが、この亀貝ダンジョンはあちこちに湧き水があるし、特にここに集まってくるということもないだろう。

ちなみにこのダンジョン、壁や床に使われている石材自体がかすかに発光していて、真っ暗ということにはならない。

場所によっては壁や床が自然のままの土や岩だったりするところもあって、そういうところは薄暗いんだが。

さて。
この場所は、俺の頭よりちょっと高いところから、ちょろちょろと水が湧いてきている。
今日は九月五日火曜日、地上ではまだまだ残暑も厳しく、ダンジョン内はひんやりとしているとはいえ、普通に動き回っていると汗が噴き出してくるくらいの気温だ。

で。
つまり。
シャワーだ!
ついでに洗濯だ!

「えー、それではみなさん。今からみっしーと紗哩がシャワー浴びます。特別サービスで足元だけ映してあげます。ま、そのあいだ俺と雑談でもしながらあいつらがシャワー浴びてるのを眺めてましょう。……わかってるよな、みんな? ほんとはこんな、妹のシャワーをお前らに想像させるようなこと、いやなんだけど、わかってるよな?」

【¥2000】〈合点承知の助! こういうことだろ?〉

【¥1500】〈サービス回ですねわかってます〉

【¥50000】〈最近この配信ばかり見てる〉

【¥34340】〈拝観料〉

【¥50000】〈みっしーのために定期解約した〉

【¥50000】〈俺は積み立てNISAを解約した〉

「みんな、ほんと……ありがとう」

俺は素直に頭を下げる。
金稼ぐっていうのは、本当に大変だ。
体力をすり減らし、下げたくもない頭を下げまくって精神的にも疲弊し、やっとのことで稼げるのが金ってやつなのだ。
別に家族でもなんでもない俺たちに、なんの見返りもないのにこうやってサポチャをくれるみんなには、感謝しかない。
その力で俺たちは生き延びることができるのだ。

「俺が脱いでサービスになるんだったら脱ぐんだが」

〈いらん〉

〈あ、それはけっこうです〉

〈俺はみっしーファンだから〉

【￥10000】〈お願いします〉

〈男の裸見て楽しいやついるかよ草〉

〈お兄ちゃんの裸とか全然いらん〉

【￥5000】〈私はお兄ちゃんの裸、いります〉

〈うわ、いるのか〉

【￥50000】〈俺は親が不動産持っていて金持ちってだけだから裸なしでもサポチャするぞ〉

親が金持ちなだけのやつはもっとくれ。
……くそ、このyootubeの仕様だと一人一日五万円までしかサポチャできないんだよなあ。
みっしーというスターを抱えているのに、太客から大金いただくことができないのが歯がゆい。

「基樹さーん、そろそろシャワー、浴びていい？」

「お兄ちゃん、早くしてよー。もう汗でべたべたで気持ち悪くて」

おっと急かされてしまった。

「おう、いいぞ。いいか、カメラは足元映しているから、絶対にかがんだりしゃがんだりするなよ。あと転ぶなよまじで。BAN されるからな」

「「はーい」」

そして始まる女の子のシャワータイム。
まあこんなことまでして金稼ぎはちょっと心が痛むけど、冗談抜きでもらえるサポチャの額が俺たちの命の値段になってしまう状況なので、ためらっている場合でもない。

「やーみっしーの肌ちょー綺麗！　さすが！　背中洗ってあげるよー」

「紗哩ちゃんも綺麗な身体してるじゃん！　洗いっこしよ！」

「やっだ、みっしー、そこくすぐったい！　やん、もう！」

「えへへー、紗哩ちゃんはここがいいのかー！　そうかー！　ほれほれー！」

「んもー！　……っていうか、みっしーって、おっきいよねー……風船みたいにまんまる」

「恥ずかしくなるからあんまりそういうこと言わないで！　紗哩ちゃんだって、すっごく綺麗だよー。ほらほらほら、やわらかいし！」

「やん！　きゃはは、もー！　触っちゃだめだよー」

「うわー、紗哩ちゃん、すっごくハリがあってやわらかい……」

「もー、みっしーったら！　お返しだー!!」

背中を向けてる俺のすぐ後ろで、キャピキャピしてる女の子二人。
……こいつら、わかってやっておるな。
わかって百合営業しやがっておるな。
女ってやつは怖いでござるな。
妹の裸はどうでもいいが、みっしーの裸には興味があるので、後ろを振り向きたい衝動を俺は全力でこらえなきゃいけなかった。

【￥34340】〈シャリちゃん俺と替わって〉

【￥2000】〈ありがとうございます〉

【￥300】〈学生なので少ないですが〉

【￥1200】〈シャワー代おいておきます〉

【￥5000】〈・・・ふぅ〉

【￥50000】〈サラ金で借りてきた〉

「おい、借金はやめとけ、まじで。いいかー、借金だけはなしだかんな」

俺たち兄妹は借金のせいで心中まで追い込まれたので、そこんとこには忌避感が強いのだ。

「おこづかいの範囲内でのご協力をお願いするぜ」

女の子二人組がシャワー終わったみたいだな。
じゃあ、今度は俺が身体洗ってくるか。

〈お兄ちゃんのシャワーは別にいいや。おやすみ〉

〈おやすみ〉

〈じゃあ今日はもういいや〉

〈おやすみ〉

〈ねるー〉

〈今日は終わりだな、みんなおやすみー〉

【￥10000】〈私はお兄ちゃんファン〉

「へー！　お兄ちゃんのファンもいるんだー！　あたしのお兄ちゃん、かっこいいもんね！　あたし、大好き！」

着ているものを洗濯したので、紗哩とみっしーは風呂敷を全身に巻いている。
シャワーあがりで布を巻いているだけなのだ。
胸のところなんかこう、ぷにぷにしたとこが強調されて、なんか、うん、煽情的に見えなくもない。

【￥1200】〈おはよう〉

【￥1000】〈おはよう、目が覚めた〉

【￥20000】〈やっぱ今日はもうすこし起きてる〉

【￥34340】〈みっしー今日もかわいいです〉

〈全部脱いで見せろや、※※※※見せろ〉

【￥5000】〈エッ〉

〈あ、脱げって言った人 BAN されたな、モデレーターちゃんと仕事してる。みんなも発言には気をつけよよー〉

結局、このシャワー回だけで俺たちは、二百万円ほどゲットしたのだった。
そのほかのサポチャも合わせれば三百万円ほど。
……これで明日からも探索を続けられるな。

大事に使っていかなければならない。

★

俺たちは洗濯物が乾くのを待ち、次の日の昼までその場で休憩した。
そのあいだ、タブレットでYootubeの動画を見たりして。

「あ、ほらお兄ちゃん、この動画見て！ あたしたちを紹介してるショート動画のまとめ！ 仕事が早いなあ」

「うん？ どれどれ」

なるほど、俺や紗哩やみっしーのエピソードを紹介してるショート動画なんてものが投稿されているのか。
俺たちのことは地上ではちょっとしたニュースになっているし、流行りものにのって再生数を稼ごうというやつらはたくさんいるのだ。
俺もタブレットを覗いてみる。

★

テッテレレレ♪ テッテレレレ♪

（聞き馴染みのあるフリー素材の音楽とともに、男性の合成音声でナレーションが入る）

『七宮基樹と紗哩兄妹は、以前からダンジョン配信をしていたが、みっしーを助ける前の同時接続者は二人だった』

★

「しっつれい！ 四人はいたよね、ね、お兄ちゃん！」

紗哩が怒ったように言う。
まあ二人も四人もあんま変わんないと思うが……。

テッテレレレ♪　テッテレレレ♪

『七宮紗哩は小学生のとき、上級生の男の子にいじめられていて一週間学校に行かなかった』

「あったなあ、そういうこと……」

「いやだなーどうしてそんなことまで知ってるんだろ……恥ずかしい」

ほんとに恥ずかしそうにうつむく紗哩。
あのときは俺もすごく心配したんだよなー。

テッテレレレ♪　テッテレレレ♪

『妹の紗哩がいじめられていたとき、兄の基樹はいじめっこの家に突撃して大暴れし、ケンカには負けたがその後いじめはなくなった』

「えええ!?　あたし、そんなの知らないよ!?」

「あー。……あったかもなー……。もう忘れた。小学校のときの友達がタレコミしたんかなー。よく知ってるな。いじめてた本人かもな」

すごい情報網だな、ネットってやつは。
怖い怖い。

「そっかーあのとき……そうだったんだ……」

実はよく覚えてる。妹がピンチのときは普段出ない力が出るんだよなー。我ながら不思議ではある。

「あれさ、あとで聞いたらいじめてたやつがお前のこと好きだったんだってさ」

「あたしは嫌いー！　好きなら優しくしてあげるべきじゃん！」

まあそりゃそのとおりだ。

「そっかー、あのときお兄ちゃんが助けてくれてたんだ……。ありがとね、お兄ちゃん！」

紗哩のためだからな、礼なんて言わなくてもいいんだぞ、と言おうとしたとき、

「ほー……。基樹さん、やるじゃん！　そんな感じするよねー、絶対助けてくれるっていう安心感というか」

みっしーがキラキラとした尊敬のまなざしで俺を見る。
よせ、みっしー、そんな目で俺を見るな。褒めるなら今の俺じゃなくて小学生の頃の俺を褒めてくれ。
しかしまあ、小学生の頃の俺はよくやったよ。
あのときは叱られただけで誰も褒めてくれなかったけど、今みっしーに褒められたので報われた気もする。

テッテレレレ♪　テッテレレレ♪

『七宮基樹がもっとも愛用しているサイトはPANZAであるが、』

「いや待て！　ちょっと待て！　なんだこれ、デマだぞ！」

俺は思わず叫ぶ。
PANZAってセクシー動画のサイトじゃないか！
悪質な誹謗中傷だ！　デマだぞこれは！
だって俺がPANZAを愛用していることは誰も知らないはず……！

★

『買った動画の中には、"針谷美詩可"を名乗る針山美詩歌のそっくりさんの動画もある』

★

「……………ほー。基樹さん、やってくれるじゃん……。そんな感じするよねー。絶対むっつりだっていう不安感というか」

みっしーがどんよりとした軽蔑のまなざしで俺を見る。
よせ、みっしー、そんな目で俺を見るな。なじるならムラムラしていたあのときの俺をなじってくれ。

「それって、私のそっくりさんだからわざわざ選んだの？」

「い、いや、違う違う、みっしーだから選んだんじゃなくて、パッケージの見た目が好みだったから……」

でも実際動画を見てみたらパッケージとはちょっと違っていてがっかりした覚えがある。
あのパケ写は奇跡の一枚だったな。加工とかしてたんかな？

「ほー。私のそっくりさんの見た目が好みだったんだー。そっかー。ふーん。ふーん。少なくとも、見た目は好みなんだねー。ふーん」

そのあとみっしーはタブレットを持ち、口を尖らせながら俺から視線を外す。
やっぱり怒らせちゃったよなー。
いやでもちょっと口角があがってないか？

よくわからん、女の子の気持ちなんか俺にはわからん。
ってかさ。

「なんでこんなことまで知ってるんだ、このショートの制作者……」

「あ、それ昨日あたしが一人で雑談配信してるときにうっかり喋っちゃった」

うっかりじゃねえよ、このアホ妹がっ！
いやいやちょっと待ってくれよ？

「なんでお前が知ってるのかって問題も出てくるんだが」

「兄妹でタブレット共有してるじゃん……。ちゃんとログアウトしないとそうなるよ……。ところでお兄ちゃん、このタブレット、そういうときにその手で触ったりしてるんだよね？　ちゃんとアルコール消毒してる？」

とたんにみっしーが持っていたタブレットを静かに床に置き、それから、

「ひゃーっ！」

と叫んだ。

「待て！　誤解だ！　ちゃんと拭いてる……」

いや待て、それだと犯行を自供していることにならないか？

「いやそもそもそういうことをしてないっていうか……だからあのその、あれだ、とにかく大丈夫、大丈夫なんだ……大丈夫……大丈夫っていうのはつまり、大丈夫っってことで……」

うまい言い訳を言えないまま、タブレットは次のショート動画を流しだす。

テッテレレレ♪　テッテレレレ♪

『針山美詩歌は、デビュー当初みんなのペットというモチーフで配信していて、今もリスナーのことを飼い主様と呼ぶ』

★

「あはは、あんまり受けなかったんだよねー、一番最初の頃はワンワンとかニャーニャーとか言ってた」

★

テッテレレレ♪　テッテレレレ♪

『針山美詩歌が一番最初にバズったのは、災害の被災地にボランティアに行ったときの動画であるが』

★

「へー、そんなこともやってるんだな」

俺は感心して言った。

★

『そのとき蜂に刺されて大泣きし、【号泣しながら泥を掘る美少女】という切り抜きが二百万再生されたのが有名になるきっかけだった』

★

「あ！　それ見たい！　見てみたい！」

「え、だめ、恥ずかしい！」

みっしーが止めようとするが紗哩の好奇心は止められない。
紗哩がタブレットをタタッとタップしてその動画を検索する。

すると、今より若い、中学生くらいの信じられないくらいの美少女——JC みっしーだ——が笑ってしまうくらい泣き叫びながらスコップで泥を掬って土のうに入れている動画が再生された。

「ふえーーん！　ふえーーん！　痛いーー！　痛いーー‼　ああ、また来たぁ‼　蜂ー‼　やだぁ～！　来ないでぇーー‼　怖いー‼」

くしゃくしゃの泣き顔もかわいい、もはやこれは奇跡の美少女だな。
近づくアシナガバチにみっしーはやだやだと叫びながらも、ボランティアとしての使命感からなのか泥を掬う動作を止めることはない。

「いいから事務所さ戻て看護師さんに見でもらてこい！」

いきなりフレームインしてきた、訛りのある白髪のおじいさんがそう言って丸めた新聞紙でそのアシナガバチをバシッと叩き落とす。
そしたら中学生みっしーはそれを見て、

「うぇぇぇ！　かわいそおおー！　うえーーーん」

さらに声をあげて泣くのだった。

「どうしてほしいんだよ！」

俺は思わず動画にツッコんで笑ってしまった。

「みっしーかわいい！」

紗哩もニコニコしながら動画を見てる。
なるほどな、これはバズるわ、可愛らしさが人間の限界値を超えてる。
みっしーは恥ずかしそうに頬を赤らめた。

「これ以来、虫全般が苦手なんだよねー」

さらに続けて言う。

「しかあし！　私もこの頃よりも成長しました！」

「お、そうなのか、みっしー？」

俺が聞くとみっしーは得意げに胸を張る。

「今の大人の私は、虫が殺されてかわいそうなどという甘えた感覚は捨て去った！　ふふふ……めんつゆと洗剤で作ったトラップにコバエが引っかかるさまを見てかすかな達成感を得るほどに……！」

「生ゴミはこまめに捨てろよ……」

「その片付けは気持ち悪いからうさちゃん社長にやってもらう！」

「成長しろよ……」

でもそんな方法があるのか、今度試してみよう。

★

さて、さらに進もう。
トラップに注意しながら地下八階をマッピングしつつ進んでいく。
何度かモンスターに出会ったが、ラッキーなことにネームドのSS級ヴァンパイアみたいな強敵には会わずに済んでいた。
遭遇するのはせいぜいS級のモンスターで、十万円のマネーインジェクションでなんなくやっつけることができた。
そしてついに、下層階へのシュートへとたどり着いた。

「……ここが、地下九階へのシュートか」

それは、巨大な滑り台みたいな構造物だった。

「なんか、怖いね……」

みっしーが滑り台を覗き込むとそう言った。

その滑り台は、下の階へと続いていて、ここを下りると上り返すことはできない。
まあ、ここのダンジョンは地下七階から地下八階へも同じ作りをしているから、どっちにしろもう普通に上って地上に帰ることはできない。
だから、ここを下りても同じことだ。

コメントでもらった情報を総合すると、こういう作りのダンジョンの場合、ラスボスを倒すと地上へのテレポーターポータルが出現するらしい。
俺たちが地上へ帰るための、ただひとつの方法がそれだ。
世界最強モンスターといわれるSSS級のダイヤモンドドラゴンを倒すこと、それが俺たちの最終目標なわけだ。

滑り台の先がどうなっているか、俺たちのいる場所からは見えない。
試しに石ころを転がしてみたが、この先が崖になっているとか池になっているとかではなさそうだった。
……まあ、怖いけど、行くしかないな。

「まず、俺から行く。下に無事下りたらホイッスルを短く吹くから、そしたらお前らも下りてきてくれ、みっしー、紗哩の順番な」

腐っても紗哩だってA級探索者だ。ダンジョンの経験が少ないみっしーを俺と紗哩とで挟む形で進んで行きたいからな。
……うーん、先の見えない滑り台、さすがにちょいびびるけどさ、まあ行くしかないか。
一応、なにがあっても対処できるように、一万円分だけ注射しておく。
っていうか、金銭感覚がおかしくなってるよなあ。
一万円あったら俺たち二人兄妹、十日間はメシ食えたぞ。

「よっしゃ、行くぞ！」

俺は滑り台を滑り落ちていく。
それは螺旋を描いて下へ下へと続いており、俺はなんなく地下九階へと下り立った。

「……なんだ、こりゃ……」

そこにはダンジョンの下層階とは思えない光景が広がっていた。
俺の眼前に広がるのは、一面の花畑だったからだ。
膝丈くらいの植物、それらは小さくて白い花びらをつけている。
そしてその花々が前後左右を埋めつくしていたのだ。
地下八階まではいかにもな迷宮、という作りだったけど、ここは全然違う。
なんというか、壁もなにもない、大きな広場。
広すぎて向こうの端が見えないほどだ。
天井だけはなにか不思議な光を発する石づくりだけど、地面は土だ。
俺は慎重にあたりを見回し、とりあえず外敵がいないことを確認すると、ホイッスルを短く吹いた。
みっしーと紗哩も続いて下りてくる。

「えー……なにこれ……」

二人とも、俺と同じく目の前の景色に絶句している。

「すごい……綺麗……ダンジョンの地下に、こんなところがあったなんて……」

みっしーが目を輝かせて言う。

「あたしはなんか、逆に怖いよ……」

紗哩の感想ももっともだ。

〈すっげえええ！　こんなん、初めて見た〉

〈亀貝ダンジョンの下層ってこんなのなってたのか〉

〈ダンジョンとしてはかなり珍しいつくりだな〉

〈気を付けてくれよ、みっしーを守ってください〉

〈みっしー、お兄ちゃん、シャリちゃん、油断しないで！〉

俺たちは花畑を注意しながら進んでいく。
むっとするフローラルの香り、いい匂いと言えば言えるのかもしれないが、
匂いがきつすぎて胸が少しムカムカする。
その花の香りに誘われたか、蜂がブンブンと飛び回っていた。
……蜂？
こんなダンジョンの奥底にも蜂なんているんだな、と思っていると。
ちょっと待て。
この蜂、……少しでかすぎないか？
スズメバチだって全長数センチってとこだろう？
でもこいつは、近くで見ると……。

「気をつけろ、こいつらモンスターだぞ……」

大きさ数十センチにも及ぶ巨大な蜂が、集団でこちらへと飛んでくるのが見
えた。
数十匹もの巨大な蜂のモンスターの群れだ。

「ひぃぃっ！　虫は苦手なんだけど……特に蜂は！」

みっしーが恐怖の声をあげる。

「お兄ちゃん、お注射お願い。あたしの魔法で叩き落とすよ」

紗哩が厳しい表情で言った。
確かに、こういう集団で来るモンスターには、魔法で対処するほうがいい。
紗哩が得意なのは治癒魔法だが、攻撃魔法も少しは使えるのだ。
何十もの群れ相手に、俺が刀で一匹一匹対処するのは効率が悪いし、危険だ。

「インジェクターオン。セット、十万円」

十万円分のマネーインジェクションを俺とみっしーも含めて三人全員に
打つ。
身体能力もアップするから戦闘時にみっしーにも打っておくのは必須な
のだ。

俺だって魔法戦士であるサムライだ、少しだけだけど攻撃魔法を使える。

「紗哩、いくぞ。みっしーもその稲妻の杖で攻撃を頼む」

俺に言われて、みっしーは緊張した面持ちで稲妻の杖を握りしめる。

「う、うん、わかった」

そう答えるみっしーの手は震えていた。
虫が苦手だって言ってたもんな。
そして俺たちは同時に身構えて、魔法の詠唱を始めた。

蜂のモンスター、キラーホーネット。
体長数十センチにもおよび、その針に刺されると並みの人間なら昏倒してしまうほどの毒を持つ。
モンスターとしての等級はＡで、一匹一匹はそんなに強くはない。とはいえ、それが何十匹も群れでやってくるとなると、油断していい相手ではなかった。
そいつらが俺たちに向かって飛んでくる。

……なんだかんだ言っても、俺と紗哩はそこそこの探索経験があるＡ級探索者だ。ま、俺は元Ａ級だが。
だけど、みっしーはそうじゃない、登録だけしていたＤ級のペーパー探索者。
戦闘の勘所を身に着けているとは言えなかった。

「雷鳴よとどろけ！　いかづちの力を解放せよ！　サンダー！」

稲妻の杖を振るって魔法を発動させるみっしー。
でも、タイミングがちょっと早い。
もう少し引き付けてからの方がいいんだけど。
雷の魔法は蜂のモンスター、キラーホーネットに届く前に範囲外になって掻き消えてしまった。
まあ仕方がない。
こういうのも経験が必要だ。

「みっしー、もう一度だ。とにかく連発してくれ」

「うん」

そして俺と紗哩も魔法の詠唱を始める。
紗哩はおもに治癒魔法専門だし、俺も魔法戦士であるサムライではあるけど、正直魔法はそんなに得意じゃない。
だが、マネーインジェクションの力でA級モンスターをやっつけるくらいのことはできる。

「空気よ踊れ、風となって踊れ、敵の血液とともに踊れ！　空刃(ウインドエッジ)!!」

紗哩が風魔法を唱える。
空気がカッターのような切れ味を持つ刃に変わり、キラーホーネットたちを切り刻む。

「燃え上がれ、焼き焦がせよ！　ファイヤー！」

俺の魔法で小さな火球がキラーホーネットを包み込み、焼き殺す。

「雷鳴よとどろけ！　いかづちの力を解放せよ！　サンダー！」

うん、よしよし、今度はみっしーの魔法もキラーホーネットに命中している。
これでなんなくキラーホーネットの群れを倒せそうだ、そう思ったとき。

「お兄ちゃん、向こうからも！」

見ると、おぞましいほど巨大な昆虫──口に出したくもないが、いわゆるゴキがこちらへと近づいてくる。

「ひゃーーーーーっ」

みっしーの悲痛な叫び声。
虫が嫌いだって言ってたもんな……。

「大丈夫だ、落ちついてやっつけるぞ……」

言った直後に、俺たちのいる地面がもこっと盛りあがった。
なにかと思った直後、そこから頭を出したのは、これもまた巨大な、緑色の芋虫。体長数メートルはあるんじゃないだろうか。

「ひゃーーーーーーーーーーーーっ‼」

ほんとに虫が苦手らしいみっしーが、目から涙をぴゅっと出してまた悲鳴。
っていうか、幼虫である芋虫がいるってことはさー。
ほら来た。
向こうから巨大な蛾のモンスターが……バッサバッサ鱗粉を振りまきながら……。

「ふっひゃーーーーーーーーーーーーーっっっ‼！」

みっしーは耳が痛くなるほどのボリュームで絶叫をあげている。
さらにさらに今度は巨大なカマキリがその鎌を振り回しながらこちらにのっしのしと歩いてきて……。
なんだここは。
虫の楽園か？

〈キモい〉

〈まじキモい〉

〈気持ち悪い〉

〈おぞましすぎるだろこの階層〉

コメントもキモいの大合唱。
みっしーはものすごい泣き顔をして片手で俺にしがみつき、もう一方の手で稲妻の杖を振りかざした。

「雷鳴よとどろけいかづちの力を解放せよサンダー雷鳴よとどろけいかづちの力を解放せよサンダー雷鳴よとどろけいかづちの力を解放せよサンダー

来ないで来ないで雷鳴よとどろけいかづちの力を解放せよサンダー雷鳴よとどろけいかづちの力を解放せよサンダー雷鳴よとどろけいかづちの力を解放せよサンダーひゃーーーっ助けてーー雷鳴よとどろけいかづちの力を解放せよサンダー雷鳴よとどろけいかづちの力を解放せよサンダー雷鳴よとどろけいかづちの力を解放せよサンダー雷鳴よとどろけいかづちの力を解放せよサンダー来た来た来んなバカぁ雷鳴よとどろけいかづちの力を解放せよサンダー雷鳴よとどろけいかづちの力を解放せよサンダー雷鳴よとどろけいかづちの力を解放せよサンダーひーーーん雷鳴よとどろけいかづちの力を解放せよサンダー雷鳴よとどろけいかづちの力を解放せよサンダー！！！！！！！！！！！！！！！！！！！！」

あまりに虫が嫌いなのか、顔を涙でぐちゃぐちゃにして泣きじゃくりながら稲妻の杖を振り続けるみっしー。
いや早口言葉じゃないからこれ。
しかし、こんなんでもちゃんと魔法が発動しているのが稲妻の杖のすごいところだ。
正直言って、この性能で四百五十万円って安いと思う。

稲妻の魔法発動で起きた電気を蓄えることまでできるんだぜ……。発電機能付きモバイルバッテリーにもなるのだ、みっしーはいい買い物したなあ。
とか言っているうちに俺たちの半径十五メートルほどは黒煙がそこかしこにたちのぼる焼け野原になってしまった。
もちろんみっしーの稲妻の杖の連発でこうなったのだ。
あちこちに虫のモンスターの焼死体が転がっている。

「これだけで多分みっしー、Ａ級認定されるよ……」

ぼそっと紗哩が言った。
うん、俺も同感だわ。

「ひーーーーん、怖かったよ～～～～」

まだぷるぷる震えているみっしー。
これはこれで戦力になるじゃん。

★

チャラララーン　タリラリラーン（BGM）

「おはようございます！　今日は九月七日、木曜日。モーニングニュースの時間です！　では早速本日の針山美詩歌さんについてのニュースです。みっしーこと針山美詩歌さん、そして七宮基樹、紗哩さんの三人パーティは、ついに地下十階に到達いたしました。SSS級ダンジョンの地下十階に到達するというのは、SSS級探索者パーティ以外にはほとんど前例がないことで、これは快挙ですね〜。また、針山美詩歌さんのとんでもない攻撃魔法の威力が明らかになりました。今日はスキルの専門家でダンジョン評論家でもある井畑勘助さんにおいでいただきまして解説をしてもらいますが、まずは昨日の三人の活躍をごらんください。昆虫が苦手な方にはショッキングな映像がありますのでご注意ください」

みっしー応援スレ　part 5487

145　名無し配信者さん　202X/09/07(木)10:02:24.33
　　　みっしーすごすぎん？

146　名無し配信者さん　202X/09/07(木)10:05:45.67
　　　【朗報】みっしー覚醒する

147　名無し配信者さん　202X/09/07(木)10:10:23.12
　　　一瞬で周囲を焼き払ったよな

148　名無し配信者さん　202X/09/07(木)10:14:58.45
　　　稲妻の杖ってあんなに連発できるもんなの？

149　名無し配信者さん　202X/09/07(木)10:19:34.29
　　　普通はできない。毎分一発か二発くらい。

150　名無し配信者さん　202X/09/07(木)10:23:12.76

さっきテレビでダンジョン評論家が解説してた
マネーインジェクションの効果で連発が可能になったって

151 名無し配信者さん 202X/09/07(木)10:27:43.89
やっぱお兄ちゃんのおかげか

152 名無し配信者さん 202X/09/07(木)10:31:54.45
お兄ちゃんのスキルやばすぎ

153 名無し配信者さん 202X/09/07(木)10:35:29.78
マネーインジェクションって万能すぎだろ

154 名無し配信者さん 202X/09/07(木)10:40:11.56
兄ちゃんのおかげでみっしーも強化された

155 名無し配信者さん 202X/09/07(木)10:43:59.23
あの兄妹いなかったらみっしー死んでたもんな
毎日手を合わせて1000円サポチャしてる

156 名無し配信者さん 202X/09/07(木)10:47:35.89
最近シャリちゃんもかわいいと思ってきた

157 名無し配信者さん 202X/09/07(木)10:51:12.45
>156 わかるけどそれはシャリちゃんスレでやれ

158 名無し配信者さん 202X/09/07(木)10:55:58.87
あれ、きちんとスポンサーついて準備すれば世界中のダンジョンを攻略可能だよな

159 名無し配信者さん 202X/09/07(木)11:00:23.56
素人のみっしーでもあれだけ強化できるんだから、ほかのSSS級探索者にマネーインジェクションしたらどうなるかを見てみたい

160 名無し配信者さん 202X/09/07(木)11:04:49.89
そもそも稲妻の杖ってMP消費なしだろ

161　名無し配信者さん　202X/09/07(木)11:08:21.43
そうなんだけど、発動のトリガーは精神力だから
マネーインジェクションでトリガーである精神力が強化されてたみたい

162　名無し配信者さん　202X/09/07(木)11:12:35.67
これほんとに SSS 級ダンジョン攻略しちゃうんじゃね

163　名無し配信者さん　202X/09/07(木)11:16:58.12
あとはどこまで金が続くかだよな

164　名無し配信者さん　202X/09/07(木)11:21:23.89
噂だと POLOLIVE は社員とか所属配信者に金配って毎日サポチャさせてるらしい

165　名無し配信者さん　202X/09/07(木)11:25:34.56
おいテレビ見てみろ
アニエス・ジョシュア・バーナード出てるぞ

166　名無し配信者さん　202X/09/07(木)11:29:12.78
SSS 級探索者じゃん
まじで日本に来たのか

★

（成羽空港）
（動く歩道にて）
（大きなサングラスとマスクを装着した小柄な女性に報道陣が群がっている）

「アニエスさん！　今回の来日の目的は !?」

「ワタシ　カメガイダンジョンヲ　コウリャク　キタ。ナカマ　アツマッテ　クレタ。ワタシガ　ゴウリュウ　スレバ　カナラズ　diamond dragon ヲ　タオセル。フツカデ　ミシーニ　オイツク」

「日本語上手ですね」

「ヒコウキ　ノ　ナカデ　オボエタ。ワタシ　12 カコクゴ　シャベレル　ゴガク　ノ　テンサイ　ヨ。タンサクシャ　トシテハ　ダイテンサイ　ダケドネ」

【ぱろやき切り抜きチャンネル】
《動画タイトル：POLOLIVE 七億円についてぱろやきが語る！》
（カメラの前でイスに座っている男が身体を揺らしながらコメントを読む）

「私は 32 歳の女です。今話題のみっしーと兄妹の配信ですが、POLOLIVE がわざわざ SSS 級探索者のアニエスを呼びよせました。噂によれば成功報酬七億二千万円だそうです。現状あの兄妹がついているのに、こんな高額でさらに応援を呼ぶことに賛否がありますが、ぱろやきさんはどう思いますか。
という質問ですね。
あのーぼく個人としてはぁ、アニエスに依頼したことを非難するのは頭の悪い人だと思うんですよね。
だって、アニエスはプロとして仕事を請け負ったわけでぇ、アニエスのパーティメンバーは報酬に納得してダンジョンに潜るわけじゃないですか。
みっしーさんも、世界最高峰の探索者と合流したほうが生還率があがるわけでぇ、しかも一緒にいる兄妹はもともと借金苦で自殺しようとしていたらしいんですけど、今はもうこれだけ世間のスーパースターにすでになっちゃってるんだから、あんな借金なんてすぐ返せますよね。
みっしーが生還したら書籍出したり動画出したり講演したり映画化したりで CM の依頼もバンバンくるでしょうし POLOLIVE も七億なんてすぐに回収できちゃうんですよね。誰も損しない Win-Win なのに、それに文句言っちゃう人って言うのはちょっと頭の残念な人なんじゃないかなーと思います、へへへ」

【配信サイト Taitchi にて】
《配信タイトル：きつねまきの雑談配信 9/7 昼》
（女性がひとり、カメラの前で配信している）

「あ！　そうだ！　ちょっといい？　あのさー、みっしーのことなんやけどさー。
あたしいつも言ってるやん？　配信者の女に身の丈以上の投げ銭するような男はさ、人生を楽しむセンスがないって。それであたし炎上したやん？
でもなー、あたし思ったんや。あの、なんやっけ、七宮基樹？の配信。あれ、おもろいやん。ああいうのにお金投げるんはええと思うんよ。
だってさ、あたしがお金投げるやん？　そしたら七宮基樹とか、あの、なんだっけ、あの、英語みたいな名前の妹とか、みっしーとかのパワーになるやん？　それはええと思うんよ。
だってなー、あんたらあたしに投げ銭するやん？　ありがたいけどあたしに投げ銭してもなんにもならんよ。
でもなー、あの七宮基樹の配信はなー、投げ銭すればするほど基樹が強くなるやん？　これ、おもろいよな。あたしの金で本当にいる人間が強くなるねんで。スマホのゲームでガチャまわしても強くなるのは絵でしかないんよ。それでもおもろいやん？　たくさんの人が毎日毎日ガチャまわしてるやん？
でもなー、これはあたしの金で基樹とかええと、サリーだっけ？　あたし女の名前なんて覚えへんもん。あ、みっしーくらいになったら別よ？
で、あたしの金でなー、こいつらが強くなるやんか。こんなおもしろいことあるぅ？　ないよなあ？
しかもええことしたって気持ちにもなれるし、実際こいつらの命が助かるための金やし。ほんまに必要な金やもな。
だからなー、あたしのリスナーのお前らもなー、こいつらには投げ銭したってええと思うんや。
こいつらに投げ銭したお前らは人生を楽しむセンスあるで。
あたしも今日こいつらに投げ銭したもん。
あ、Yootubeだと投げ銭やのうてサポチャ。まあどっちでもええわ。
でな、あたしに投げ銭しとるアホはな、七宮基樹とみっしーを助ける思てな、今だけあっちに投げ銭せぇ。
こいつらが助からんかったらな、あたしが今日サポチャした一万円が無駄になるやんか。
だからな、あたしの一万円が無駄にならんようにな、お前らもこいつらに投げ銭してやってな。
最高におもろいで。今度世界で一番強いニンジャが仲間になるんやろ？
勝ち確のゲームやんか。
絶対勝てるし、最高におもろいで。負けるのはおもろないからな。
自分の金で強くなった現実の人間が、絵やないで、現実の人間やで。それが自分の

借金背負ったので死ぬ気でダンジョン行ったら人生変わった件
やけくそで潜った最凶の迷宮で瀕死の国民的美少女を救ってみた

金でモンスターを倒すねんで。
そんじょそこらのゲームなんて目じゃないわ」

★

みっしー応援スレ　part 5487

739　名無し配信者さん　202X/09/07(木)15:26:45.89
　　　きつねまきって女性配信者をいつもディスってるけど、今回は応援してたよ
　　　な

740　名無し配信者さん　202X/09/07(木)15:30:01.25
　　　まあ今回だけはみっしーの応援してたから許してやる

741　名無し配信者さん　202X/09/07(木)15:33:12.45
　　　それよりみっしーの泣き顔最高にかわいかった

742　名無し配信者さん　202X/09/07(木)15:36:45.89
　　　あんなに泣かせられるなら俺は虫になりたい

743　名無し配信者さん　202X/09/07(木)15:40:23.12
　　　＞742　草

744　名無し配信者さん　202X/09/07(木)15:44:59.33
　　　＞742　いやもうお前はすでに虫みたいなもんだろ

745　名無し配信者さん　202X/09/07(木)15:49:12.67
　　　シャリちゃんのよさもどんどんわかってきた

746　名無し配信者さん　202X/09/07(木)15:53:45.21
　　　＞745　みし×シャリいいよな

747　名無し配信者さん　202X/09/07(木)15:58:12.34
　　　＞746　いやどう考えてもシャリ×みしだっていってんだろ
　　　みっしーはいじめられて泣いてこそ魅力が爆発する女

748 名無し配信者さん 202X/09/07(木)16:01:45.09
＞747 わかる。おれはみっしーファンだが笑顔より泣き顔が見たい

749 名無し配信者さん 202X/09/07(木)16:05:33.28
そういやアニエスとかいうSSS級探索者が明日から亀貝ダンジョン潜るんだろ？ 強いの？

750 名無し配信者さん 202X/09/07(木)16:09:12.87
アニエスはやばい女だぞ

751 名無し配信者さん 202X/09/07(木)16:13:45.54
体型がロリ

752 名無し配信者さん 202X/09/07(木)16:18:21.09
顔はいつもサングラスで隠してるけどまじでちっちゃいぞアニエスって
142センチ

753 名無し配信者さん 202X/09/07(木)16:21:59.87
探索者界最小のチビにして最強のニンジャやぞ

754 名無し配信者さん 202X/09/07(木)16:26:45.56
24歳かロリババァってほどでもないか

755 名無し配信者さん 202X/09/07(木)16:30:12.45
みっしーはおっぱいでっかいし、シャリちゃんもまあまあ大きいからそこにロリ体型が加わったらバランス最高だな
俺はお兄ちゃんになりたい

756 名無し配信者さん 202X/09/07(木)16:34:57.89
アニエスは6人パーティで潜るんだぞ
ムキムキのメキシカン男とかいるんだぞ

757 名無し配信者さん 202X/09/07(木)16:38:12.23
現状このアニエスのパーティが世界最強だと思うわ

758 名無し配信者さん 202X/09/07(木)16:42:34.45
アニエスと同じパーティメンバーのローラとかもうすぐSSS級の格闘家に認定されるのは間違いないって言われてるしな

759 名無し配信者さん 202X/09/07(木)16:46:12.76
ローラってエロいよな、褐色肌の鍛え込まれた筋肉が最高にエロい

760 名無し配信者さん 202X/09/07(木)16:49:59.87
ローラって日本人の血も少し入ってるんだっけ？　日本語もペラペラらしいし

761 名無し配信者さん 202X/09/07(木)16:53:12.09
俺はアニエスのほうがエロいと思う

762 名無し配信者さん 202X/09/07(木)16:57:23.54
俺もSSS級ニンジャのアニエスのファン
AAAカップのちっぱいが最高

763 名無し配信者さん 202X/09/07(木)17:01:45.21
おまわりさんこの人です

764 名無し配信者さん 202X/09/07(木)17:06:12.78
アニエスは24歳だから合法

765 名無し配信者さん 202X/09/07(木)17:09:45.34
ほんとにこれで世界最強なのか？　女子小学生くらいにしか見えないぞ

766 名無し配信者さん 202X/09/07(木)17:13:12.87
まあ見てろ、アニエスはまじやばいから。素手でもモンスターの首を斬り落としまくるぞ。S級モンスターがD級モンスターレベルに弱く見えるくらい

767 名無し配信者さん 202X/09/07(木)17:16:45.09
まじか、じゃあアニエスが加われば絶対にこのダンジョン攻略できるな。アニエスがどのくらい強いか楽しみだ

第三章

タブレットでPOLOLIVE公式とのDMのやりとりをしていたが、それが終わったあと、俺はみっしーに言った。

「みっしー、みっしーんとこの社長さんがSSS級探索者を雇ったってさ。合流するまでここで待機してろだって」

正直、これは俺にとっても朗報だった。
なにしろ、なんだかんだ言っても俺は元A級探索者にすぎないし、妹の紗哩だってA級だ。
それが、世界最難関と言われるSSS級ダンジョンの最下層まで到達し、その上世界最強といわれるSSS級モンスターをやっつけるなんて。
だけど、経験豊富なSSS級探索者がパーティを組んで助けに来てくれる、となれば話は別だ。
かなりの心強さだ、なにしろ命が、俺だけじゃなくて妹とみっしーの命までかかっている探索だからな。

俺たちは地下十階へのシュートを探し出し、とりあえず地下十階に下りてきた。
あの虫だらけの地下九階にいるのはどうしてもどうしてもいやだというみっしーの意見を汲んだのだ。
確かにあの花畑、モンスタールームみたいなもんで次から次へと虫のモンスターに襲われ続けるから、気の休まる暇もない階層だったしな。
地下十階はつくりとしては壁も床も石で固められた普通のダンジョンで、地下九階みたいな花畑ではない。
なるべく安全そうで、湧き水を確保できるようなすみっこの場所を探し出し、俺たちはそこを拠点にすることにした。

「でもさ、みっしーんとこの社長さん、宇佐田さんだっけ？ すごいよな、七億二千万円だってさ。前金だけで三億円払ったらしいぞ。みっしーを連れて帰ったら俺たち兄妹にも最低三億円くれるって」

俺が感心して言うと、みっしーは屈託なく笑った。

「あはは、うちのうさちゃん社長、私のことが大好きだから。私はほら、けっこういいとこの家庭でかわいがられて育ったんだけどさー、うさちゃん社長

はそれはそれはひどい家庭で育ってさー、泥水をすするような思いで起業して何年も苦労して、で、あるとき私を引き当てたってわけ」

今やチャンネル登録者五百万人だもんな。
POLOLIVE自体も、みっしーに続く人気配信者を何人も育てて今や業界大手だ。

「私も個人勢でほそぼそやってたんだけど、うさちゃん社長に拾われてさー、んでたまたまあの号泣動画でバズって。そのあと、うさちゃん社長の考えた企画とかコラボとかやりまくってたらこんなに大きなチャンネルになっちゃった。うさちゃん社長にとって私は人生の希望の光なんだってさ」

なるほどね。
それで何億もの金をぽんぽん出すわけか。
さて、SSS級探索者アニエスさんのパーティが来るまでは最短であと二日はかかるとのことだった。
SSS級とはいえ、同じくSSS級ダンジョンである亀貝ダンジョンを初見で攻略するのだ、そのくらいはかかるだろう。

俺もアニエスさんの名前くらいは知っている、この界隈だと有名だからな。
今までにも十を超える数のSSS級ダンジョンを攻略してきた、世界最良にして最強の探索者と言われているのだ。
会えたらサインくらいもらえるだろうか。
合流できたらもうこっちの勝ちが決まったようなもんだな。

さて、それまでに俺たちにはひとつの問題が立ちはだかっていた。
それは。

「お兄ちゃん、もうお肉の残りが少ないよ……」

そう、食料だ。
アニエスがここにたどり着くまで、最短であと二日、なにかアクシデントがあればもしかしたらもっと日数がかかるかもしれない。
それまでにはコカトリスの肉の備蓄が枯渇する。
そもそも紗哩のフロシキエンチャントは冷凍じゃなくて冷蔵だから、さすがに一週間以上は持たないだろう。

あと持っているのはわずかな米と香辛料くらいだ。
ってことは。

「みっしー、紗哩、小休止したら、狩りにいくぞ」

そう、食料になりそうなモンスターを狩らなければならないのだ。

「うーん、お兄ちゃん、だったら地下九階のモンスターでよかったんじゃな」

「紗哩ちゃんの馬鹿っ」

セリフを言い終わらないうちにみっしーが紗哩の肩のあたりをぽかぽか叩
いた。

「いやいや昆虫食はこれからの人類にとって大事な」

「基樹さんも馬鹿っ」

俺もぽかぽか叩かれた。
どうしても虫を食べるのはいやだったらしい。
ま、正直、あいつらすげー臭かったから俺もいやだけどな。
焼き焦がされた虫のモンスター、とんでもない臭気を放っていたから、ちょっ
と食うのは無理だったとは思う。

そんなわけで、俺たちは SSS 級ダンジョンの地下十階を、食料をもとめて
さまようことにしたのだった。

「その前に、紗哩、悪いんだけど、……血、吸わせてくれ」

「うん、いいよお兄ちゃん」

紗哩がグイッと襟首のあたりをひっぱってうなじを出す。

「ちょちょちょっと、だめだよ、紗哩ちゃん連続だもん！」

俺は先日の戦闘で半ヴァンパイア化してしまった。
正直、身体能力だけで言えば向上している実感があるので、探索には有利な
面もある。でも、こうして一日に二回、直接人間の血を必要とするのは厄介だ。

あとほかのヴァンパイアと同じくニンニクが苦手だったり流れる川を越えら
れなかったりもするらしい。
でも、幸いなことにダンジョンの中にはニンニクはないし、渡れないと困る
ような川もない。ヴァンパイアは鏡に映らないという話も聞いたことあるけ
れど、そもそも鏡を見る習慣はもとからない。ま、たまに紗哩に「あたしの
お兄ちゃんなんだからちゃんとして！」とか言われて眉毛いじられたりはし
てたけど。

さて、紗哩に噛まれてヴァンパイアになったのに、その紗哩の血を吸うって
のは本末転倒な気もするけど、これで成立しちゃうもんなんだな。

「だめだよ、紗哩ちゃんにばっかり負担させちゃ。私もいるんだから私の血
も吸って」

「いやでも紗哩は妹だし、身内だし……。みっしーには負担かけられない」

「私たちは今、チームでしょ？」

「それは、そうだけど」

「じゃあ、兄妹とか関係なく、チームで分かち合うのが普通でしょ！　そん
なに血を吸っちゃったら紗哩ちゃんの身体も心配。ほら、基樹さん、私のを
吸って。じゃないと怒るから！」

みっしーはぐいっと自分のシャツの襟もとを開けると、

「はい、ほら！　今すぐ噛みつく！　噛め！」

と言った。
その迫力に押されて、俺は、

「お、おう……」

と言ってみっしーの両肩に手を置き、その首筋に噛みつこうとして──。
あ。
みっしーってさ、けっこう、胸がでっかいんだけどさ。
こういう体勢になると、こう、胸と胸が触れちゃうっていうかさ。
弾力のあるやさしい感触がじんわりと俺に伝わってきた。
目の前には十八歳のすべすべの肌。
ピカピカに輝いている、毛穴のひとつもないぞ、日本一の配信者とはこういうことか。
少し汗の匂いがして、それがみっしー自身の肌の香りと混じり合う。その芳香を鼻腔の奥で感じると、なんかこう、脳みそがくらっとして、心地よくふわっと意識がどこかへ持っていかれるような感触に襲われる。
ちょっとは緊張しているのか、みっしーの身体は細かく震えていた。
それを抑えるかのように俺は両手に力を入れて肩をがしっとつかむ。

「……んっ……」

みっしーが声をあげて体を硬くした。

「……噛むぞ……」

「ぅん……」

俺はまっしろでつやつやしているみっしーの首筋に、ガブリと牙を立てた。

「……んはっ……」

みっしーが思わず膝から崩れそうになるところを俺は力ずくで抱き寄せ、さらに牙を奥深くへ。

そして。

ジュルルルルルルッルル！
みっしーの血液を飲み込んだ。

うおおおおおおおおおおおおおおおおお！
うまーーーーーーーーーーーーーーーーーーい！
口の中に血が満ちる。
舌で味わう。
ゴクン、と飲み込む。
手の指の先から足の指の先までパワーが行きわたるのを感じた。
舌の味蕾から、神経を通って俺の脳内の原始的な部分へとこの喜びが伝わっていく。
脳みその中でパチンパチンとなにかがはじけるほどの快感。
脳内が快楽物質で満たされ、俺は無我夢中でみっしーを抱きしめる。
ゴクンゴクンゴクン。
喉を鳴らして血を飲む。
このうまさと多幸感はなんと表現したらいいのか。
俺の腕の中で身体を硬くしているみっしーの体温が、さらに俺の脳内の快楽物質の放出を促進させる。
もっと飲みたい、もっと……！
もっと！
もっと！
吸いつくして吸いつくして……‼

「お兄ちゃん、いい加減にして！」

紗哩が、俺の頭をボカッと殴った。
俺はハッとして身体を離した。

「みっしーがひからびて死んじゃうよ！　吸いすぎ！　馬鹿お兄ちゃん！
欲望に忠実すぎない⁉　もー！　欲望はちゃんとコントロールしなさい！
あとは妹で発散するとかしなさい！」

ぷんすか怒って俺の頭をポカポカ叩く紗哩。

「い、いや悪い悪い、つい……。みっしー、大丈夫か？」

「あーうん、私も今、別の世界へ行ってたよ、あはは……。ヴァンパイアに
血を吸われるのって、……こんな感じなんだねー。やばいわー。あははは……

私もヴァンパイアになっちゃいそう……」

実際のところは俺は半ヴァンパイアにすぎないし、眷属を増やす意志もないからそうはならないけどな。

〈なんか今のみっしーの顔エロかったぞ〉

【¥500】〈たすかる〉

〈たすかる〉

〈たすかる〉

〈お兄ちゃんうらやましい〉

【¥100】〈エッロ〉

〈みっしーの血なら俺もほしい、お兄ちゃんがねたましい〉

〈俺もみっしーにかみつきたい！　うらやましい！〉

〈あたしはみっしーの耳にかみつきたい〉

〈血を吸った仲とかもうこれ夫婦以上じゃない？〉

〈エッッッッッッッ〉

【¥5000】〈みっしーは俺のだからな！　ちゃんと連れて帰らなかったら許さんから〉

〈妹で発散、とは？〉

〈みっしー気持ちよさそうだった、私もお兄ちゃんに吸われたい〉

〈むしろ私がみっしーになりたかった。ぎゅっとされて噛みつかれたい〉

〈シャリちゃんで発散とかやばすぎえろすぎ〉

〈待てお前ら、なんで男も女も発情してるんだ。……ふぅ……〉

〈あーみっしーの血を俺も吸いたいなーうらやましー〉

【￥10000】〈みっしーになりたかった。お兄ちゃんに乱暴に血を吸われたいよ〉

なんか最近のコメント欄、みっしーファンだけじゃなくて俺自身にも女性ファンがついているっぽいんだが……。
これはもしや、モテ期到来か？
いててててて！！！！
耳をひっぱられた。
紗哩に。

「あのね、コメント欄のお馬鹿さんたち。よーくお聞きください。お兄ちゃんはあたしのものなので、今後一生女の人とはお付き合いさせませんから！」

〈よし、俺は男だからセーフ。お兄ちゃん、付き合ってください〉

〈俺も男。紗哩ちゃん、俺の事はお義兄ちゃんでもお義姉ちゃんでも好きな方で呼んで〉

【￥27000】〈えっと、俺も男なんだけど、俺は攻めだから、お兄ちゃんにお嫁さんになってもらっていいですか〉

「ほんとにお馬鹿さん！　男でも女でもみっしーでもだめぇ！　お兄ちゃんはあたしのなの！」

そして紗哩は俺に抱きついてきて、エサを横取りされそうになった猫みたいな表情で叫んだ。

「一生お兄ちゃんのものになる人間は、あたしだけなの！」

おおそうか、紗哩はかわいいなあ。
いつまでお兄ちゃんっ子やるつもりか知らんけど、まだまだ子供なんだな。
そうは言ってもいつか紗哩もお嫁に行っちゃったりするんだろうか？
さみしいけど、紗哩の花嫁姿ってのもいいよなあ。
紗哩がお嫁に行ったら俺、感極まって絶対に泣いちゃうと思う。
サイドテールの髪の毛を撫でてやると、紗哩は、

「えへへへ～～～」

と俺を見あげて笑った。

「あのーそこのご兄妹さん？　あの、向こうからご飯がやってきましたけど」

心底あきれ返ったみっしーの声に振り向くと、なるほど、向こうから巨大な八本足のタコがこちらへと向かってきていた。
全長……どのくらいだろう、触手のような足を伸ばせば数十メートルになりそうな、巨大なタコ。

ぬめりで不気味にテカテカしている緑色の八本の足をうにょうにょと動かして、こちらへと向かってきている。
……緑色かあ。
はっきり言って、キモい。
まあこのダンジョンで出会うモンスターはだいたいキモいんだけどさ。

〈クラーケンじゃん〉

〈クラーケン。SS級〉

〈気をつけろ。その足、百メートルくらいまで伸びるぞ〉

〈攻撃魔法は無効〉

〈物理で殴るしかないSS級だぞ〉

〈クラーケンも物理で殴ってくるぞ〉

なるほど、コメント欄の情報は助かる。
魔法攻撃無効なら、みっしーと紗哩の出番はあまりなさそうだ。

「マネーインジェクション、インジェクターオン！　セット、Gaagle
AdSystem！　残高オープン！」

[ゲンザイノシュウエキ：4,283,260 エン]

現状はこんなもんか。
みっしーと紗哩のシャワー百合営業とか、あとは深夜のみっしーと紗哩の百
合営業トークとかでなんとかこのくらいまで残高が増えた。

ま、冷静に考えるとその辺のサラリーマンが一生懸命一年働いてやっともら
えるくらいの金額をわずか数日でサポチャで稼げるっつーのも、みっしーと
いうスーパー人気配信者のおかげだ。
本来ならさ、俺の口座番号を晒しちゃうのが早いんだけど、配信内でそれを
やると BAN されるし、POLOLIVE 経由でそれやれればいいけど、そもそも
俺今サイフを持ってきてないから口座番号も本人確認書類もなにも持ってな
いんだよなー。

ダンジョン内で紛失するリスクは高いから、一般的に探索者は普通そういう
貴重品をダンジョン内には持ちこまない。当たり前といえば当たり前だけど
さ。
ドッグタグはつけてるけどもちろんそこには口座番号なんてないしな。
せめて免許証かマイナンバーカードを持ってればそれをネット経由で銀行に
送って口座番号の照会もできそうだけど、もちろん持ってない。
そもそも俺たちは心中するつもりでこのダンジョンに来ているので、探索に
不必要なものは全部置いてきた。
今は法律と銀行の内部規定が厳しすぎて現状の俺だと自分自身の口座番号を
知る方法がないのだ。
そんなわけで現状は一人一日五万円が上限のサポチャに頼るしかない。

さて、目の前のクラーケン。
こいつはどのくらいの金額でいける？

とりあえずは、

「セット、十万円！　みっしー、紗哩、肩出せ」

女の子二人に十万円ずつ打っておく。
後ろに下がらせとくけど、万が一があるからな。

「紗哩、防壁を！」

「うん！　輝け！　あたしの心の光！　七つの色、虹の力、壁となりてあたしたちを護れ！　防護障壁!!」

俺たちの前に物理攻撃を防ぐ防壁ができる。

「セット、七十五万円！」

SS級、このくらいの金額で倒せればうれしい！
そして俺は刀を抜く。
うにょうにょとうごめく八本の足。
タコの化けものらしく吸盤が無数についていてなんかこう、集合体恐怖症の人には耐えられなそうな気味悪さ。
そのうちの一本がとんでもないスピードで俺の方へと向かってくる。
それを飛び跳ねてかわす。
この足、直径一メートルくらいはありそうだな、でけえ。

「うらぁぁぁ！」

刀を振り下ろすと、なかなかの手ごたえがある。
切り落とす途中で刀が止まるが、

「おらぁぁぁぁ！！！」

さらに気合を入れると、やっとのことでスパッと切り落とすことができた。

「グシュウウウウゥゥゥ」

なにかうめき声のようなものをあげながら、さらに残りの足で攻撃してくるクラーケン。
七十五万円分のパワーアップしている俺はそれをなんなくかわして、一本一本確実に足を切り落としていく。

「のこり三本！」

と、そこでクラーケンが突然、その口（？）から黒い液体を勢いよく吐いた。

「うおっと！」

すんでのところでその液体をかわすことができた、危なかったぜ。
その液体はダンジョンの床を黒く染めたと思うと、ジューーーー‼ と音をたて床材の石を溶かしていく。
こえー、おっかねー！
だがあと足も残り三本だしな、と思ったところで。
クラーケンは残りの足で、切り落とされた自分の足を手繰り寄せると──。

「グヒィィ、グヒィィ」

と声をあげながら、なんと自分自身の足を食い始めた。

「あーーーー！　私のご飯ーーーーーっ‼　私のなのに勝手に食べたー‼」

後ろの方でみっしーの声が聞こえて、いやまあまだこの足の所有権はクラーケン自身にあるよな、と心の中で突っ込んでいるあいだにも。
ジュブジュブ！という音とともに、なんとせっかく切り落としたクラーケンの足が復活していく。
なるほど、SS級モンスターってのは伊達じゃない、回復能力持ってことか。
あーくそ、七十五万円じゃあ、SS級は倒せないんだな。
追いメシならぬ、追い注射といくか。

「セット、二十五万円！」

さらにインジェクションする。
やはり、SS級ともなると百万円は覚悟しなきゃいけないっぽいな。
さらにスピードアップした俺は、クラーケンに飛びかかる。
クラーケンは黒い液体を吐くが、今の俺にとってそんなのはスローモーションに見える。

「切り刻んでやる！」

〈すげえ、早い〉

〈やっぱり百万円超えるとすげえな〉

〈SS級相手なんだぜこれ・・・〉

〈お兄ちゃんがんばれ！〉

〈あ、また一本切り落とした〉

〈かっこいい、濡れる〉

〈がんばれー！〉

「基樹さーん、がんばれー！」

「お兄ちゃん、がんばって！」

みっしーと紗哩の応援の声にのって、俺はクラーケンの足を一本残らず切り落とし──。

「これで、とどめだーーーーーーっ！」

クラーケンの頭部を、脳天からまっぷたつに割ってやった。

〈いやー相変わらず強い〉

〈これ、マネーインジェクションの力だけじゃなくて素の剣術の技術も高いよな〉

〈お兄ちゃん、実はいま日本で一番強いんじゃね？〉

〈これでC級とか探索者等級評価委員会って無能じゃね〉

〈ほんとにすごい〉

〈最強のお兄ちゃんだな〉

〈シャリちゃん、私をお姉ちゃんにしてください〉

〈俺男だけど濡れそう〉

〈私女だから普通に濡れた〉

〈俺は抜いた〉

〈……ふぅ……〉

みっしーは目をすがめ、不機嫌な声で言う。

「……コメント欄が微妙に下品ですー。一応、私とか紗哩ちゃんとか女の子もいるんだから、みなさん自制してくださいねー」

〈みっしーごめん〉

〈すみません〉

〈BANはやめて〉

〈みっしー、今日のごはんはタコだね！　僕の今日のおかずはみっしーだよ！〉

「あ、こいつ！　こいつBANして！　こうゆうのはだめ！」

モデレーターをやっている事務所の人に指示を出すみっしー。
コメント欄の治安も大事だからなー。
変なのを放置すると、まともな人が減ってしまう。

「さて、みっしー、紗哩。食料は調達できたから、食うか。紗哩、こいつを調理してくれ、千円分、打ってやるから」

「おまかっせー！ おいしく料理するよー、お兄ちゃんは魔法でお湯をわかしといて！ よし、さばいてくぅ！」

★

「へっへっへー。みんなー。こんなでっかいタコの足を一本丸焼きにしたのなんて、見たことある〜？」

〈ない〉

〈ない〉

〈でかい〉

〈でかすぎだろ〉

〈ここまででかいとでかすぎてグロい〉

俺の腕の太さほどあるタコの足（これでも先っぽのほうなんだぞ？）を棒に突き刺して焼いたものを、みっしーはカメラの前にかざしている。

「えっへっへー、こいつにお醤油をちょいと垂らしまーす。そ、し、て！ いただきまんもすー！」

そう言ってクラーケンの足にかぶりつくみっしー。

「お？ おお、弾力が、すごっ！」

みっしーはその丈夫そうな歯でタコの肉を食いちぎると、うぐうぐと咀嚼する。

「うはっ！　大味かと思ったら、案外濃厚！　ゴムみたいなんかなーって思ってたけどさ、違うよこれ、プリップリッ！　食べやすっ！　あーわさび！　わさびほしいなー！」

「あ、みっしー、あたし、わさび持ってきてるよ、はい」

「やったぜ！　このわさびをな、こうしてな、こうやってたっぷり塗ってな、かぶりつくんや！　ふがっ！　うま、うめ、やばっ、クラーケンやばぁ、うますぎ。なんちゅうもんを食わせてくれるんや、これに比べたら九階の昆虫食なんてカスや！」

「みっしー、なんで関西弁になってるんだよ……それ漫画のセリフだろ……あと虫食ってないだろ」

思わず突っ込む俺。

〈うまそう〉

〈うまそう〉

〈SS級モンスターをこんなにうまそうに食うD級探索者なんてそういないな〉

〈そのクラーケン、人間は食べたことないよね？〉

「……ないです！　じゃあ聞いてみましょう！　クラーケンちゃーん、あなたは人を食べたことありまちゅかぁ？　……『ないょー』ほら聞きましたかみなさん、ないって！　じゃあさらにいただきまんもす！　がふがふ！」

みっしー、メンタルつええなあ。
ほんと、すごい食いっぷりで見てるだけで気持ちがいい。

「はぐっ、はぐっ！　ぷりぷりだぁぁ〜〜！　でもずっとわさび醤油味か、

うーん、味変したいなー」

ちらっちらっとこちらを見るみっしー。
しょうがねえなあ。

「ほれ、カレー粉やるよ。使いすぎるなよ」

「おほっ、カレー粉いただきました！　これでタコパもはかどります」

……タコパってこういうことじゃないと思うんだがなあ。
しかし、とんでもない大食いとは聞いていたが、まじだな、あのサイズの丸焼きをあっという間に食いつくす勢いだ。
大食い企画もみっしーにとってはけっこうなメイン企画だったらしい。
俺はみっしーが食レポしながら勢いよくタコの足を食べるのを見つつ、薄切りにした刺身を口に運んだ。
うん、ほんとにうまい。
この食感がたまらないな。
これだけの量があればしばらく食料には困らないだろう。
……ずっとタコ、ってのも飽きそうだけど、命が懸かっているから仕方がない。

「おいしい？　お兄ちゃん」

「ああ、うまいぞ」

「さらにっ！　隠し味を入れます！　チャキーン！」

紗哩が取り出したのは一本のナイフ。
どうするのかと見ていると、紗哩はそいつで自分の親指をビッ！と切った。

「あ!?　おいおいおいおいおい！　なにしてるんだお前？」

「いいからいいからお兄ちゃん、はい！」

そう言って醤油の入った飯盒のフタに自分の血を垂らす。

「これで食べてみて！　めっちゃおいしいから！」

〈草〉

〈シャリちゃんブラコンヤンデレで草〉

〈えっぐ〉

〈やばいシャリちゃんの愛が重い〉

〈妹がヤンデレかあ、いいと思います〉

〈怖い怖い怖い〉

〈でもお兄ちゃん、今ヴァンパイアだからめっちゃうまいと思うぜ〉

〈普通の人間同士だと感染症やばいから絶対やっちゃだめなやつだけど、お兄ちゃんは今ヴァンパイアだから、あり、・・・なのか？〉

〈食べて食レポ plz　俺もシャリちゃんの血の味を知りたい〉

〈男性アイドルが女性ファンからのチョコを絶対食べない理由がこれ〉

うーん。
正直、確かに俺は今半分ヴァンパイアだから、これ、すごくおいしそうに見えてしまう……。
クラーケンの刺身を一つつまんで、血液入りのわさび醤油にちょんちょんとつけて、いただきます。
パクリ。
うわっ、これは……うまい！
刺身のほどよい弾力、わさびのツンとくる香り、そして紗哩の血が俺の脳細胞を刺激して、とろけるほどの快楽物質がどばっと脳内に広がる……。
やばい、これはクセになるやつだ……。

「おい、紗哩、パクパク、二度とこういうことはパクパク、やるなよ、モグモグ、人間が人間の血を食べるなんて、モグモグ、本来許されることでは、パクパク、ないんだからな」

「はーい！　お兄ちゃん、おいしそうに食べてくれてよかった！」

ちなみに言っとくけど、人間が人間の血液食べるとか、倫理的にだけじゃなくて健康上も非常によろしくない結果を招くから、ヴァンパイア以外の普通の人間は、決して真似するんじゃないぞ、パクパクゴクン。

そんなこんなで俺たちは、地下十階の片隅でなんとかサバイバルを続けていった。

★

そして、二日が経った。

「Hello！　わたしが、アニエス・ジョシュア・バーナードだ」

画面の向こうでサングラスをかけ、マスクをし、帽子を目深にかぶった女性が挨拶をしてきた。

「はじめまして！　私が針山美詩歌です！　お話できて光栄です！」

みっしーの挨拶に続いて、

「えっと、俺が七宮基樹です」

「あたしが七宮紗哩でっす！」

俺たち兄妹も挨拶をかわす。
Moozというアプリでとりあえず顔合わせだけはしておこうというわけ。
アニエスに続いて、二人の女性と三人の男性がそれぞれ画面に映って、簡単な自己紹介をしていく。

「Good to see you. I'm Laura Remy」

「Hi. I'm Elizabeth Harris」

「James Patterson」

「Ryan Sullivan」

「Joseph adams」

いろんな人種の人たちだ。
うーん、みんな頼もしそうな顔してる。
こんな SSS 級パーティが俺たちを助けてくれるってわけだから、もう安心だな。

「今回は私たちを助けに来てくださるそうで、本当にありがとうございます！」

口下手な俺に変わって、みっしーがアニエスさんとの会話を続けてくれる。

「わたしにまかせる、だいじょうぶ。SSSclass のダンジョン、ぜんぶコウリャクする、わたしのもくひょう。きにしないで」

空港でのインタビュー動画を見たけど、そのときよりも日本語の発音が良くなっているな。アニエスさんって自分で言っていたとおり、本当に語学の天才なのかもしれない。

「ありがとう！　今どこまで来てますか？」

みっしーの問いに、アニエスは答える。

「ちかハチかいまできている。もうすぐ、そちらにつく。だが、モバイルバッテリーがふちょう。つうしんをつないだままでは、そちらにいけない。いちど、つうしん、きる」

「地下九階は虫のモンスターがウジャウジャいるんで気をつけてください
ね！ じゃあ、地下十階まで来たらまた連絡ください！ 私、稲妻の杖持っ
ているんで、合流できたら充電できます！」

とみっしーが言ったところで通信が切れた。
今地下八階まで来ているのか、ってことはおそらくあと半日もしないうちに
合流できそうだな。
モバイルバッテリーが故障したみたいだけど、そもそも、アニエスは俺たち
みたいに配信しながら探索はしない。

いわゆる動画勢というやつで、撮った探索の映像をいったん地上に送って編
集したものをアップするスタイルだ。
ま、別にアニエスは配信してサポチャをもらわないと能力を発揮できないと
かそういう俺みたいな縛りはないわけで、問題がないっちゃない。

「これでダイヤモンドドラゴンを倒してもらえば、テレポーターポータルで
地上に戻れるね」

ニコニコ顔でそういうみっしー。
紗哩も、ウキウキした表情で、

「そしたら三億円をみっしーの事務所の社長さんにもらえるんだよね？
えっと、そしたら一億二千万円の借金を返しても……まだ一億八千万円あ
る！ やっぱ、人生バラ色だ！」

みっしーがそれに口を挟む。

「そうはうまくいかないと思うよ……。その三億円、名目はなに？ まさか
贈与じゃないよね。贈与だったら普通に死ねる税金がかかっちゃう」

「ゾーヨ？ だとどうなるの？」

紗哩の質問に、

「三億円のうち一億六千万円が国税庁にスティールされる」

みっしーが般若みたいな顔でそう答えた。

「スティールじゃねえよ！　納税は国民の義務だぞ！」

俺は思わず突っ込んじゃったけど、まあでも55%も持っていかれるのはきっついよな。

「うーん、えっと、私を助けるっていう仕事の報酬としてだから、所得になる……のかなあ？　そしたら税金が……。税理士さん紹介するよ」

うへぇ。生きるってのは本当に大変だなあ。

「言っとくけど、税金払うのは来年だから、ちゃんと使わずにとっておかないと、ほんっっっとーに大変なことになるからね！　紗哩ちゃんはお小遣い制にして、基樹さんがちゃんと管理してなきゃだめだからね！」

「え～～～～！　あたし、無駄遣いしたい～～～」

「だめっ！」

十八歳にお金の使い方を指南される二十二歳と十九歳の兄妹。
っていうか紗哩にお金をまかせるとまじでやばいことになるってわかったから、二度とサイフは握らせんぞ。
毎月五千円くらいのおこづかいでなんとかやってもらおう。
そんなこんなでわちゃわちゃやっていると、時間なんてあっという間に過ぎ去ってしまう。

そして、ついにそのときがやってきた。
メッセージアプリがピコーンと通知を鳴らした。

「お、来た来た、これだな」

そして表示されるメッセージ。

【We were attacked by a vampire lord who appeared to be SSS class and a group of undead monster under her command. Our party was wiped out. I am probably the only survivor, but I was seriously wounded. I would soon die too. Agnes was bitten by a vampire and she too became a vampire. They will be on their way to you.Kill the vampire lord. If you do, Agnes may be able to become human again. Good luck.

Laura Remy.】

んん？
英語だな、俺は英語なんてなにもわからんぞ？
紗哩も紗哩なんて日本人っぽくない名前だけど英語はいっさいわからないはずだしな。

「みっしー、なんて書いてある？」

そう言ってみっしーの顔を見た瞬間。
俺はいろいろと悟ってしまった。
そのメッセージを読んだみっしーの顔が真っ青になって、唇がワナワナと震えていたからだ。

「ねーねー、お兄ちゃん、アニエスとかいう人はいつ来るって？　もう来るの？」

無邪気な紗哩の声を無視して、俺は英文を Gaagle 翻訳にかける。

『我々は SSS クラスと思われるヴァンパイアロードと彼女の部下のアンデッドモンスターたちに襲われた。私たちのパーティーは全滅した。おそらく生き残ったのは私だけだが、重傷を負っている。私もすぐに死ぬだろう。アニエスはヴァンパイアに噛まれ、彼女もヴァンパイアになった。やつらはあなたのところへ向かっているだろう。あの吸血鬼を殺してくれ。そうすれば、アニエスは人間に戻れるかもしれない。幸運を祈る。

ローラ・レミー』

「こないだのヴァンパイアを卒論にした人、今日いるかな？」

カメラに向かって俺は尋ねた。
もともとA級探索者にすぎなかった俺たちは、SSS級のモンスターのことなんてそんなに真面目に調べたことないから知らないことだらけだ。
こういうのは知っている人に聞くに限る。

【￥100】〈卒論ヴァンパイアは私です。いますよー〉

「お、助かる。この、ヴァンパイアロードってのはいったいなんだ？　ヴァンパイアの強いやつ、くらいの認識しかないんだが……」

【￥100】〈ヴァンパイアロードはその名のとおり、ヴァンパイアの中の王といえる存在です。このあいだ基樹さんが倒したネームドのSS級ヴァンパイア、アリシア・ナルディはヴァンパイアの中でも個体識別されている強力なヴァンパイアでしたが、ヴァンパイアロードともなると、そのアリシアよりもさらに一段強力な能力を持っているものと思われます。
基本的な能力はすべてにおいてあのアリシアよりも上でしょう。〉

「まじか、あのアリシアよりも上か……」

【￥100】〈そうです。ヴァンパイアロードともなると、アンデッドモンスターの王ともいえます。つまり、あらゆるアンデッドモンスターを使役することができるのです。
SSS級探索者であるアニエスさんのパーティを全滅させたってことは、よほどの戦力をそろえて組織的な攻撃を加えた可能性があります。
なにしろ、知能も人間を上回るといわれ、そのカリスマ性にほとんどのモンスターがひざまずく、と言われているのです。
はっきりいって、モンスターとしての格はそこのダンジョンのラスボス、ダイヤモンドドラゴンと同じかそれ以上。
人類の敵としての格と実力を兼ね備えた、まさに『魔王級』のモンスター、それがヴァンパイアロードです。
そんなヴァンパイアロードがなぜ亀貝ダンジョンにいるのか……？　もとからいたのか、それともなにかの理由であとから来たのか？　それはわかりません〉

「ヴァンパイアロードって世界に何人もいるもんなのか？」

【￥100】〈現在存在が確認されているのは四人です。
ミロシュ・ツェペシュ
イジー・ラウドヴィク
ザラ・チモフェーイェヴィチ
そして、
アンジェラ・ナルディ
です。〉

「……アンジェラ……ナルディ……？」

【￥100】〈実際に血縁関係があるのかは不明ですが、アリシア・ナルディとは姉妹であると自称していました。ちなみにヴァンパイアロードは変身能力があるので外見が似ているかどうかで血縁関係を類推することはできないです〉

実際に実の妹かどうかはともかくとして、妹と称していたヴァンパイアがやられてしまったのだ、妹のかたき討ちのためにこのダンジョンに来たってわけか……。

「つまり、これからあたしたちが戦うのって、魔王クラスのモンスターってこと……？」

紗哩が唇を震わせてそう言う。

「SSS級探索者のアニエスさんのパーティが負けた相手と……。でも、基樹さんなら、いや、私たちなら大丈夫だよ、勝てるよ！」

さすが強メンタルのみっしーだ。ってか、みっしーは虫よりもヴァンパイアロードの方が怖くないっぽいな。

「やれるだけやろう。心の準備をしとけ。もうしばらくしたらここにやつらが来るかもしれん。そうだ、ヴァンパイアロードの弱点って、なにかあるか？」

【￥100】〈普通のヴァンパイアと同じです。倒すには日光が一番よいでしょう。あ

とは心臓を破壊する方法もあります。銀の弾丸が使えればよいのですが。杭を使って心臓を打ち抜き、地面にはりつけにする方法もあります。ただ、ヴァンパイアロードは強い不死性があり、修復能力も極めて高いので、やはり日光が一番よいです。……ダンジョン内だと難しいですね。ニンニクでダメージ入ると思いますけど、倒せるほどではありません。流れる水は渡れませんが、渡れないだけです。十字架は効きません〉

「日光ならさ、前にアリシアにやったみたいに、みっしーの閃光の魔法を使えばいいんじゃないかな？」

紗哩の提案に俺は答える。

「悪くないとは思うけど、問題がある。俺自身も今、ヴァンパイアなんだ。しかも、アニエスさんもヴァンパイア化して、こないだの紗哩みたいに自我を失っている可能性もある。でも今のタイミングならまだ、アンジェラを倒せばアニエスさんも人間に戻れるかもしれない。つまり、俺とアニエスさんを巻き込む形では閃光の魔法を使えない。俺もアニエスさんも滅んじゃうからな……。それはもうほかにどうしようもなくなったときの、最後の最後の手段ってわけだ。せっかくヴァンパイアに有効な手立てを持っているのに、使えないなんてハンデだな」

結局、物理で殴るしかないのか……？

「セット、Gaagle AdSystem！ 残高オープン！」

[ゲンザイノシュウエキ：8,642,800 エン]

たったこれだけの金額で、ラスボスクラスのモンスターと戦わなきゃいけないのだ。

★

ん？
みっしーの顔色が悪い。
血の気が引いて真っ青だ。

「みっしー、どこか体調悪いのか？」

「ううん、大丈夫だよ、ありがと」

いや、全然大丈夫そうには見えない。
カタカタ震えてる。
あ・る・こ・と・に気づいてしまったんだろう。
俺もすぐに気づいたけど、本人にはわからないままでいてほしかった。

「みっしーのせいじゃない、みっしーは悪くない。自分にできる精いっぱいをやるだけだ」

「……うん」

あ・る・こ・と・——それは。

このダンジョン探索、俺たち兄妹はもともと心中するつもりで始めた。
そのことは話してあるからみっしーも知っている。
それがたまたまみっしーと出会い、彼女を助けたことで生きる希望を見つけた。
この探索中、俺たち兄妹が死ぬことがあったとしても、それはみっしーがいてもいなくても同じ運命だった。

でも、アニエスさんたちは違う。
みっしーの遭難を助けるためにこのダンジョンにやってきて、そしておそらくは予想外だったラスボスクラスのモンスターの急襲を受けて全滅してしまった。
そしてそれは。
アイテムボックスのトラップ解除のミス、つまりみっしーのミスを発端として、今初めて人が死んだことを意味する。

「私があんな馬鹿なことさえしなければ……盗賊スキルもないのに、アイテムボックスを開けようとするなんて……」

たとえば自分が登山の最中に遭難して、それを助けに来てくれた救助隊の人

が二次遭難にあったら？
まともな良識を持っている人間であれば、良心の呵責に苛まれるのは当たり前のことだった。

「考えるな」

俺は言った。
このことについて、今、このタイミングで思い悩んでも、なにひとつ解決には向かわない。

「いいか、みっしー、みっしーのせいじゃないし、アニエスさんたちは自分の仕事をまっとうしようとしただけだ。今はそれを考えちゃいけない、考えるな」

「でも……」

「今から激しい戦闘になる、俺だけでも敵には勝てない、俺と紗哩だけでも勝てない、みっしーの力が必要なんだ。絶対に必要なんだ。今、俺たちにはみっしーが必要だ。協力してくれ」

紗哩も勢いよく口を挟む。

「そうだよ、みっしーがいないとあたしたち死んじゃうからね！」

そして紗哩はみっしーの右手をしっかりと握った。
みっしーは動揺したままの表情で、左手をふらふらと俺に向ける。
俺もその手を握った。
冷たくて、小さくて、綺麗な手だった。
最初はひんやりとして震えていたその手が、しばらくすると落ち着いたのか、じわりとあたたかくなっていった。
真っ青だったその整った顔に、うっすらと赤みが戻ってくる。

「うん。基樹さん、紗哩ちゃん、ありがと。私も、精いっぱい頑張るね」

「ああ。いいか、みっしー、紗哩、俺たちで生き残るぞ。作戦はある、手短

に言うぞ……」

俺たち三人は手を握りあって、作戦を話し合った。

★

「インジェクターオン！　セット！　五十万円！」

みっしーと紗哩にそれぞれ注射を打つ。

「セット！　百万円！」

前衛を務める自分にはひとまず百万円。
これで合わせて二百万円のインジェクション。
残り六百万円。

さあ、来たぞ。
足音が通路の角の向こうから聞こえてくる。
ひとつやふたつではない、大量の足音だ。
俺は刀を抜いて待ち構える。
来た！
角を曲がってやってきたのは、大量のゾンビ軍団だった。

「雷鳴よとどろけ！　いかづちの力を解放せよ！　サンダー‼」

みっしーが稲妻の杖を振るい、

「空気よ踊れ、風となって踊れ、敵の血液とともに踊れ！　空刃(ウインドエッジ)‼」

紗哩が攻撃魔法を唱える。
稲妻の光がゾンビどもを薙ぎ払い、空気の刃が身体を切り刻む。
残ったゾンビどもを、俺が刀で切り倒していく。

「お兄ちゃん！　なにかでっかいのが来るよ！」

紗哩に言われずとも、その気配は俺も感じていた。
そして。
"そいつ"が姿を現した。
全長十メートルはあろうかという巨大な姿。
肉体のあちこちが腐って朽ち果ててはいるものの、その眼光は鋭く俺たちを突き刺す。
見るだけで並みの人間なら戦慄するほどの威容。

「ゴアァァァァ……」

"そいつ"は、冷気とともに雄たけびをあげた。
コメント欄も騒がしくなってきた。

〈ドラゴンゾンビ！〉

【¥50000】〈がんばれ！　負けるな！〉

【¥50000】〈みっしー！〉

〈SS級のアンデッドモンスター！〉

〈そいつは氷のブレスがあるぞ！　気を付けて！〉

【¥50000】〈俺も全力で支援する！〉

〈ドラゴンゾンビはやばい、まじで強いぞ〉

【$500】〈Save agnes,plz〉

【¥500】〈中学生なんでこれで全部です〉

【¥10000】〈頑張って！〉

【¥50000】〈全力支援〉

【¥500】〈がんばれ！〉

【$500】〈from U.S. Kill the vampire load〉

【¥10000】〈少なくてすみません応援してます〉

【¥300】〈負けるな〉

【¥1500】〈みっしー、シャリちゃん、がんばって！〉

【$500】〈Kill f**kin' monsters〉

相手がドラゴンゾンビだろうが、ラスボス級だろうがぶっとばしてやる。
そして、ひとつ希望が増えてきた。
アニエスさんの件で、海外からのサポチャも飛んでくるようになったのだ。

「ゴアァァァ!!」

ドラゴンゾンビが咆哮した。
ダンジョンの床が揺れる。
さすがにものすごい迫力だな。
ゾンビとはいえ、ドラゴンと対峙するのは俺にとってこれが初めてだ。
ドラゴンって、一番弱い種族でもS級だからな。
このドラゴンゾンビはSS級らしい。

なんだか感覚が麻痺してるけど、SS級のモンスターを倒せるやつなんて、日本に百人もいないはずだ。
それだけの強敵を目の前にしているのだ。
気を引き締めて戦わないと。
俺たちを睨んだまま、ドラゴンゾンビは大きく口を開けた。
ブレスが来る！
SS級のブレスなんて、まともにくらったら一撃でパーティ全滅が普通だぞ。

「輝け！　あたしの心の光！　七つの色、虹の力、壁となってあたしたちを護れ！　防護障壁（バリア）！！！！」

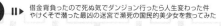

すかさず紗哩が防御障壁の魔法を唱えた。
五十万円分インジェクションされた紗哩のそれは、強力な壁となって俺たちを守る。
ドラゴンゾンビは間髪容れず、

「ゴハァァァァァァァァァァァァァッ!!」

すべてを凍らせ沈黙させる、恐るべき氷のブレスを吐いた。
これをくらった人間は通常なら瞬時に肉体が凍り、その部分はあっという間に壊死して、最終的には命まで落とすことになる。
命を狩るほどの力を持つ冷気の塊を、紗哩の防壁が阻んだ。
さすが俺の妹だ、なかなかの魔法だ。

「雷鳴よとどろけ！　いかづちの力を解放せよ！　サンダー！」

みっしーは最後方から稲妻の杖を振るって雷の魔法を連発している。
バリバリバリッ！という雷特有の音とともに、杖の先から稲妻が一直線にドラゴンゾンビへと向かっていく。
SS級モンスターであるドラゴンゾンビ相手では致命傷を与えることができてないけれど、その皮膚表面を電気が走り、焼き焦がしている。
ドラゴンゾンビは明らかにそれをいやがってみっしーの攻撃が命中するたびに、

「グガァ！」

と雄たけびをあげていた。
よし、頃合いだな。
俺はドラゴンゾンビの動きの隙を見極めると、床を蹴って一気にダッシュ、距離を詰めた。
ドラゴンゾンビと目が合う。
普通の人間なら泣いちゃうくらいの迫力があるぞ。俺は泣かないけどな！

「シュゴォォォ……」

ブレスを吐くために一度空気を吸い込むドラゴンゾンビ。ゾンビのくせに呼吸してるのか。
ドラゴンゾンビが俺に向かって氷のブレスを吐こうとした瞬間。俺は壁に向かって真横に飛んだ。
俺の動きについてこられず、ドラゴンゾンビはブレスを吐くタイミングを失う。
俺は壁に両足で"着地"すると、そのまま壁を蹴ってドラゴンゾンビの胴体に突きかかった。
予想外の動きにドラゴンゾンビは回避動作ができない。
俺の刀はいともたやすくドラゴンゾンビの身体に突き刺さった。
うお、なんて硬い筋肉だ、突き刺した刀が動かねえぞ。

「グオオォォ!」

ドラゴンゾンビがその巨大な爪で俺に反撃しようとして腕を振りあげる。
あれ、これやばいんじゃね?
そう思った直後。

「フロシキエンチャント! 硬化!」

紗哩が風呂敷に硬化の魔法をエンチャントする。
物質を少しだけ硬くするだけの初級魔法だけど、五十万円分のマネーインジェクションの力が加わっているのだ。
風呂敷は広がった状態でカチンコチンに硬化しており、まるで斬れ味鋭い巨大な手裏剣のよう。
四方の角のうち、一つだけは持ちやすいようにねじられている。
紗哩はそこを持って、

「えーーーーーーーーーーい!!!! くらっちゃえ!」

と叫び、渾身の力を込めてドラゴンゾンビに向けて風呂敷をぶん投げた。
うーん、あんな細身でオリンピックの投擲選手なみの威力だ、さすがマネーインジェクション五十万円。
ヒュンヒュンヒュンヒュン!と回転しながらドラゴンゾンビに飛んでいく風呂敷。
まさに巨大手裏剣。

借金背負ったので死ぬ気でダンジョン行ったら人生変わった件
やけくそで潜った最凶の迷宮で瀕死の国民的美少女を救ってみた

ドラゴンゾンビはそいつを腕で振り払おうとしたが、硬化した風呂敷の回転力はドラゴンゾンビの防御力を上回っており、スパッとその腕を切り落とした。
すげえ、紗哩のこの攻撃方法は今後も使えそうだ。

「グガァァァァッ！」

唸り声をあげるドラゴンゾンビ。
やっと刀を引き抜くことができた俺は、その首に狙いを定めて上段に構えた。
そして、

「オラァァァァァッ‼」

気合とともに刀を振り下ろすと、刀の刃はドラゴンゾンビの皮膚を切り裂き、肉を切り裂き、骨を砕く。
ゴドン、という音とともに、その首が床に転がった。
勝った。
生まれて初めて、ドラゴンの一種を倒した。

〈すげぇぇぇぇぇ！〉

〈シャリちゃんつえぇぇぇぇぇ！〉

〈風呂敷エンチャントってお兄ちゃんのマネーインジェクションと組み合わせると強い〉

〈っていうかマネーインジェクションがどんなスキルとも相性いいんだぜ、チートスキルだと思う〉

〈SS級のドラゴンゾンビをこんなあっさり倒せるとか、もうこのパーティ SSS 級認定してもいいだろ〉

だが、喜んでいる暇はない。
向こうから大量のコウモリが飛んでくるのが見えた。
来たな、ヴァンパイアロード。
俺はいったん後退する。

みっしーと紗哩はそれなりにマネーインジェクションの力を使い果たしたはずなので、態勢を整い直さなければならない。

「セット、五十万円！」

改めてみっしーと紗哩に注射器を打ち込む。

「針の刺し方にやさしさを感じない……」
「わかる、ちょっと乱暴だよねー」

女の子たちの愚痴を聞きながら、俺は自分にももう百万円分のマネーインジェクションを打ち込んだ。
おそらく、これで残り四百万円。
SSS級相手に、どう戦おうか？
数百、いや数千匹はいるだろうか、大量のコウモリの集団が目の前にやってくる。

「雷鳴よとどろけ！　いかづちの力を解放せよ！　サンダー！」

みっしーがその群れに一瞬のためらいもなく稲妻の杖の魔法を叩き込む。
いい判断だ、戦闘においてスピード感は大事だからな。
この短期間でだんだん戦闘のコツがわかってきたかな？
探索者としてのセンスがあるのかも。

しかし、コウモリたちは群れで竜巻のようなうずまきを作って高速回転し、雷の攻撃を振り払った。
こんなことができるんだな、ただのコウモリじゃない。
そしてコウモリの群れはだんだんとふたつの固まりに収束していって──。
人間の形に変わっていった。
そう、"二人"の少女に。
俺たちとその少女たちとの距離は七、八メートルといったところか。
そのくらいの距離から見るだけでも背すじに寒いものが走る。
それほどの邪悪なオーラを放っているのだ。

向かって右側の少女は見た目は十代の前半に見えるほど小柄で背が低い。金

髪に青いインナーカラーのポニーテール。
ワンピース型の青いドレス、日曜朝放送の魔法少女みたいなフワフワひらりな衣装だ。そして遠目からでも一目でわかるほど目立つ、大きな牙。
そして向かって左側の少女はこちらも同じく小柄な体型で、金髪に赤いメッシュが入ったセミロング。
着ているのは赤とピンクのふわふわドレス。
やはり大きな牙が唇からはみ出している。

二人の少女と言っても、別に双子みたいなそっくりさん、ではない。
どっちも透き通るような美少女ではあるが、右側の青い方は少し吊り目で強気そうな眉毛の形が印象的、左の赤い方は逆にたれ目でぷっくりとした厚めの唇が目に入る。
まったくの別人の美少女が二人、目の前にいるのだ。
どちらも唇に収まりきらないほどのでかい牙を持っているのだけが共通点だ。

俺たちは黙って対峙する。
いろんな考えが頭の中をぐるぐる回る。
こいつら、なんで二人いるんだ？
このまがまがしい雰囲気、明らかに SSS 級のモンスター、ヴァンパイアロードに違いない。
だが、二人いる。それも、分身とかじゃない、別人二人だ。
コメント欄に助言をもらいたいが、そちらに目を向ける余裕なんてかけらもない。
視線を外したら、その瞬間に襲ってくるという確信がある。
息の詰まるような、数十秒間の沈黙。
二人の少女は冷たく薄い笑顔で俺たちを見ている。
と、そこで。
とんでもない作戦に出た人物がいた。

「……こんにちは！　私の名前は針山美詩歌といいます」

みっしーが明るい声でそう言うと、ぺこりと頭を下げたのだ。

「さっきはごめんなさい、ただのコウモリだと思っちゃったので……」

……すげえなみっしー。
どうやら、コミュニケーションをとろうと思っているらしい。
そういやこのダンジョンに潜って以来、会話ができるほどの知能の高いモンスターとはまだ出会ってはいない。
あのSS級ヴァンパイア、アリシア・ナルディとも会話はかわしてないしな。
……正直俺はコミュ障だから、妹以外と会話するのは苦手なんだけど、乗っておくか？

「俺は七宮基樹だ」

「その妹の紗哩だよっ！」

二人の少女は同時に目をすがめる。
そして同時に「プッ」と吹き出すと、

「ハハハハハハハハハッ！！！」

同時に口を開いて、同時に笑った。
そして同時に言葉を発する。

「おもしろいやつらだ。少し、話相手になってやろうか？　私はアンジェラ・ナルディという。この世界における、不死の王、夜の女帝だ」

二人の少女が完全に同調して言葉をつむぐ。
そのハモり方は芸術的ですらあって、まるでなにか美しい音楽の旋律のようにダンジョンの中に響き渡る。
やはりアンジェラ・ナルディで間違いなかったようだ。
俺たちが倒したあのアリシアの姉だと聞いた。
っていうか、どっちがアンジェラだ？
二人とも日本語うまいな。

「さて、君たちがさきほど、ドラゴンゾンビを倒したのを見てたよ、お見事だったね」

「見てた？　どこから見てたんだ？」

俺の問いにアンジェラは答える。

「そこの天井にコウモリがぶら下がっていたのに気づいてなかったのか？
あれ経由でね」

コウモリには気づいてなかったが、そいつをカメラの代わりにでもして視覚
情報を得ていたとか、そういうことかな？
SSS級モンスターなら、なにができても不思議ではないな。

「君たちの持つスキルは珍しい上に、とても強い。興味深いよ。私の血を分
けた妹、アリシアを倒しただけある」

「あのあの、あれは、急に襲われたからでして。私たちからアリシアさんを襲っ
たわけではないのです！」

みっしーが弁解する、っていうか、そういう言い方をするってことはまじで
会話で戦闘回避するつもりらしいな。
すげえな、コミュニケーションはすべてを凌駕すると信じている人種か。
みっしーらしいといえばみっしーらしいけど。

「ふん、それに気を病むことはない。アリシアは君たちによって消滅してし
まったが、数年もすればまた復活するさ。アリシアも私も不死たるヴァンパ
イア、そして、その真祖。この世に夜と血液がつきぬなら、永遠に死ねぬ者」

……怖いことを言ってるな。
魔王級のモンスターとか言ってたけど、まじなんだな。

「私はアリシアの敵討ちに来たわけではない。君たちの能力に好奇心を抱い
ただけさ」

二人の少女は、顔立ちは違うのに同じ表情で冷酷な笑みを浮かべる。
そんな"彼女達"に俺は最大の疑問をぶつけることにした。

「ひとつ、聞いていいか？」

「どうぞ」

二人の少女はハモって答える。
くそが、あまりに綺麗な声で、頭がクラクラするぜ。
だが、聞くべきことは聞いておこう。

「どっちがアンジェラさんだ？　そして、もう一人は誰だ？」

「あっはっはっはっは！」

右の青くて吊り目の方と、左の赤くてたれ目の方、二人の少女が、同時に
笑った。

「少年。見たところ、君もヴァンパイアではないか？　こんな簡単なことも
わからないのか？」

俺はアリシアに噛まれてヴァンパイア化した紗哩に噛まれた、ただそれだけ
の半ヴァンパイアにすぎない。
アリシアを倒して紗哩は人間に戻り、俺自身も二週間もすれば人間に戻る。
そんな中途半端な存在の俺が、ヴァンパイアについてわかるもなにもあった
もんじゃないぞ。

「アハハハハ、なるほど、君らにはわからないのか。……そうだ！　いいこ
とを思いついた、ではこのまま教えずにおこう。ちょっとしたクイズという
ことさ」

「……なにを言っているのか、さっぱりわからねえぜ、ヒントくらいくれ」

二人の少女は、お互いを指さした。
そして、同時に完全にハモりながらこう言った。

「私がアンジェラ・ナルディだ。そしてこいつが、アニエス・ジョシュア・
バーナードだよ。私が吸血して、眷属となったのだ。今は私が身体を操って

いる。アニエスとやら、非常に強力な人間ではあった。実際、私は首をはねられたしな。しかし、それくらいでは私は死なない。永遠の夜が約束されたダンジョンの中では、真祖のヴァンパイアたる私に勝てる人類などいるわけがないのだ」

俺たち三人は息をのむ。
どちらかがヴァンパイアロードのアンジェラで、どちらかが、SSS探索者のアニエスさんの身体ってことか!?

「ふふふ、このアニエスの身体はすごいぞ。今まで私が手に入れた中で最強のポテンシャルを秘めている。あと数日もすれば、完全なる私の眷属となり、新たな人格のヴァンパイアとして私と永遠の夜を生きるだろう。彼女もまた、伝説のヴァンパイアとなる」

くそが、頭の中がぐるぐる回る。

「あのー、妹さんを倒してしまったことは謝罪いたしますから、アニエスさんの身体をお返しいただくというわけにはいかないでしょうか……？　なにかこう、条件などあればおっしゃってください」

みっしーはまだ交渉するつもりらしい。
二人の少女、アンジェラ・ナルディと、そしてSSS級探索者だったアニエスさんの身体が同時に喋る。

「条件交渉とは、戦えば互いに回復困難なダメージを受けるときにだけ有効な手段だ。私にとって、条件を出す必要がどこにある？　このアニエスとやらが、人類最良で最高の探索者だったのだろう？　では君たちは？　アニエスが勝てなかった私に、君たちがどうダメージを入れるというのだ？」

いや、確かにそのとおりだけどさ、二人の少女のうち、どちらがアニエスさんかという情報はどうしてもほしい！

「ああ、あんたの方が強いのは確定的だと俺も思うぜ。だから、ハンデをくれ。どっちがアニエスさんの身体だ？」

「それを教えたらクイズにならないではないか。それではつまらない」

くそ、なにがクイズだ、馬鹿にしやがって。
アニエス・ジョシュア・バーナードは、世界最高峰の探索者であり、最強の
ニンジャと言われていた。
有名人だから、その名前は俺も当然知っている。
しかし、顔を知らないのだ。
俺だけが知らないというわけじゃない。
アニエスさんは自分の顔を知られないようにしていた。
ダンジョン探索の最中も、ニンジャらしくいつも覆面をしていた。
顔をあまり知られてしまうと、探索者としての仕事もプライベートの生活も
しにくくなるという理由だった。
今回日本に来たときも、インタビューにはマスクとサングラスをして応じて
いたはずだ。
そして、ヴァンパイアロードたるアンジェラ・ナルディについても俺たちは
顔を知らない。

というか、アンジェラ・ナルディほどの存在ともなると、その姿かたちすら
自在に変えられると、あのヴァンパイア卒論の人も言っていた。
だから、今俺たちの目の前にいる二人、どちらがアニエスさんでどちらがア
ンジェラか、その見分けなんてまったくつかないのだ。

俺たちの勝利条件はアンジェラ・ナルディを倒すこと、そしてそのことによっ
てアニエス・ジョシュア・バーナードを人間に戻すこと。
間違ってアニエスの身体をやっつけてしまってはならない。
どちらが倒すべきヴァンパイアロードのアンジェラかを見極め、アンジェラ
のみを倒さなきゃいけない。

SSS級のモンスター、ヴァンパイアロード。
どのくらいの強さを誇るってんだ？
二人の少女は、二人同時にニヤリと笑い言った。

「ではちょっと遊ぼうじゃないか」

そして、魔法の詠唱を始める。

それは二人の歌手による美しい二重唱のように聞こえた。
だがその内容は、恐るべき魔法の詠唱であった。

「暗黒の向こう、次元の彼方で。源と源を戦わせよ、その剣戟(けんげき)の火花はすべてを破滅させるだろう。火花を取り出せ。さあ火花よ、ここではじけよ。目の前をすべて。すべて。すべて焼きつくせ。壊しつくせ。爆発の向こう側。形あるものが形なきものへと。踊れ！　踊れ！　襲え！　襲え！　砕け！　砕け！　焦がせ！　焦がせ！」

〈爆炎(エクスプロシブフレイムズ)だ〉

〈最上級の爆発魔法〉

〈人類でこれ使えるのなんてほんの数人だぞ〉

〈こんな魔法使えるなんてさすがSSS級モンスターだな〉

〈人間が耐えられるものじゃない〉

〈みっしー！〉

〈逃げて！〉

〈シャリちゃん！〉

〈やばい、これ爆炎を重ね掛けしてくるってことか？〉

〈どうにかして、お兄ちゃん！〉

〈逃げろ！〉

〈逃げて！〉

〈やばいやばいやばい〉

コメント欄が悲鳴だらけになっているが、もちろん俺たちはそれをリアルタイムで見ている暇はなかった。
いや待ってくれ、これまじで最上級の爆発魔法だぞ、詠唱が長いが、その威力は術者の前方数十平方メートルを爆発の衝撃とそして炎で破壊しつくし焼きつくす、最高にやばいやつだ。

まさかこれ、二人同時に二つ爆炎魔法を放ってくるということか⁉
二人同時ってのがやっかいだ、俺が今斬りかかっても、一人しかなぎ倒せない、そのあいだにもう一人から爆炎魔法の直撃をくらったら俺でもやばい。
その前に、どっちの身体がアンジェラなのかすら、まだわかってない。
紗哩の防壁が頼りだ、でもさっきの五十万円のインジェクションじゃ足りない。

「インジェクターオン！　セット、百万円！」

急げ急げ急げ！
最上級魔法なだけあって、詠唱が長いのが救いだ。
俺は慌てて注射針を紗哩の肩にぶっ刺す。

「突然⁉　あいでででで！」

いやまじで悪い、紗哩。
あとで甘いものでもおごってやるから。
その"あとで"があったらの話だけどな！
俺たちはこの戦いに生き残らなきゃいけない！

「紗哩、頼む、防壁を！」

「うん！　輝け！　あたしの心の光！　七つの色、虹の力、壁となりてあたしたちを護れ！　防護障壁（バリア）！！！！」

紗哩の魔法が発動すると同時に、二人の少女が詠唱を終え、叫んだ。

「爆炎（エクスプロシブフレイムズ）！！！！」

少女二人の手の平から、最高威力を誇る爆発魔法の衝撃が放出された。

「伏せろ！」

俺は叫び、俺たち三人は地面に腹ばいに伏せた。
まずは衝撃波が俺たちを襲う。
ゴォォン!!
鼓膜を破るかと思うほどのすごい音。
それだけでダンジョンの壁が崩れた。
防壁越しでも、その威力は十分伝わってくる。
そしてそのあとにやってくる、炎の塊。
それはまさに巨大な猛獣のように俺たちを襲ってきた。
紗哩の作り出した百五十万円インジェクションの防護障壁越しでも、そのすさまじさはわかった。
髪の毛がちりちりと焦げて、いやな臭いがした。
その炎の中。

「セット、百万円！」

俺はさらに自分にインジェクションする。
そして炎の猛獣が頭上を過ぎ去った瞬間、俺は立ちあがって敵に向かって駆け出した。
まずは向かって右側、吊り目の方に斬りかかる。
吊り目の少女は俺が振り下ろした刀をとんでもない速さで身を反らして避ける。

だけど俺だって自分史上最高額、二百万円のインジェクションをかけているのだ。
最初の一撃はかわされたが、その勢いを殺さずに二撃目の攻撃をしかける。
我ながらすごいスピードが乗っている。
次の瞬間、少女の身体はふわりと浮いて、なんと俺の刀の上にピタリと着地した。
俺はとっさに両手で握っていた刀から片手を離し、

「燃え上がれ、焼き焦がせよ！　ファイヤー！」

魔法を放つ。
それをさらにひらりとかわす吊り目、と、そこで目の端でなにかがこちらへ飛びかかってくるのが見えた。
たれ目の方の少女だ。
俺はそちらに刀を向けようとするが、コンマ数秒遅れて──。
やばい、攻撃をくらう！
そう思った瞬間。

「てぇぇぇぇぇい‼」

紗哩が投擲した風呂敷が、たれ目の少女に向かって回転して飛んできた。
たれ目の少女は、なんと、空中でぴたりと動きを止めてそれをかわす。
なんなんだ、物理法則を無視するなよ！　ここは地球なんだから地球の物理で説明できる動きをしてくれ。
さらにみっしーの放った稲妻の杖の攻撃が連発で飛んでくる。
俺はいったん後退して距離を取った。

「さすがSSS級だ、動きがやばすぎる……そもそも、どっちがアニエスさんなんだ？　みっしー、みっしーはタブレットでコメント欄を見ていてくれ、世界中が見てるんだ、誰か一人くらいはアニエスさんの顔を知っているやつがいるんじゃないか？」

「うん、ねえみんな、ほんとに誰もアニエスさんの顔を知らないの？」

みっしーはリスナーにそう尋ねる。

〈アニエスは徹底的に顔を隠していたからな〉

〈素顔なんて誰も知らないんじゃないの？〉

〈いつも覆面していて、同じパーティメンバーすら知らないはず〉

〈なんなら人種も知られていなかった。今こうしてみると白人なんだな〉

〈取材のときもいつもサングラスとマスクだったし〉

〈目の色すら知られてない〉

「声は？　声でわからないか？」

今度は俺がリスナーに尋ねる。

〈うーん、このヴァンパイア、さっき二人同時に喋っていたから声で判別もできないな〉

〈声紋鑑定にかければワンチャン……？〉

〈いや、さすがにあそこまで同時にハモられると区別がつかない〉

顔もだめ、声もだめ、背格好も似たようなもん。
吊り目かたれ目かも誰も知らないのかよ。
あまりにも徹底してるだろ、アニエスさんよ！
少し離れたところで、吊り目とたれ目の少女がふたり、ニヤリと笑ってハモって言った。

「はははは。クイズはおもしろいだろう？　どちらが私で、どちらがアニエス・ジョシュア・バーナードか、わかったか？　ヒントをやろうか？　ふふふ、アニエスより私の方が美少女だ。よりかわいい方が私だぞ」

くそが、ふざけやがって。
完全に楽しんで弄ぶモードに入っているな。
どう見たって二人とも美少女じゃねーか！　どっちがどっちとかいう問題じゃない。
みっしーがインタビューを受けているアニエスさんの写真をタブレットで表示させた。
くそ、このサングラスでけーな、マスクは真っ黒なやつをつけている、ブロンドの髪の毛は無造作にまとめていて、そこに黒いキャップをかぶっている。
肌は真っ白で、マスクとキャップの黒さで耳の白さが際立って見えるな。

……ん？

耳だと？
画像を見る、なるほど顔は隠しているけど、耳は隠していないな。
ピアスとかの装飾品はつけてないが……。

「なあ、アニエスさんの耳の形で判別できないか？」

そう、耳の形ってのは個人個人で違っていて、変わることがない。
だから、耳の形で個人を判別するってのは、たまに聞く話だ。

〈耳って……〉

〈今画像あさってみたけど、確かにアニエスっていつも耳は露出させてるな〉

〈わかるかもしれない。でもこの配信の画質でこの距離だと確実に見分けるのは無理〉

〈ほら、アニエスの耳のアップの画像〉

〈なんでそんな画像がすぐ出てくるんだよ〉

〈あたしは耳フェチだから〉

……うーん、まあ特徴的な耳の形には見えるが、しかし、うん、普通の耳だ。
これだけで動きのある戦闘中にどっちがアニエスさんかを見分けるのはほとんど不可能に近いだろう……。
だけど、ほかにも見分ける方法が思いつかないぞ……。

「……いつまで作戦会議だ？　私はそろそろ人間の血を吸いたくてうずうずしている。そこの人間の女二人の血はうまそうだ。お前たち三人も私の眷属にしてやろう。そして永遠にこのダンジョンをヴァンパイアとしてさまようといい。気持ちがいいものだぞ」

相変わらず同調して喋る二人の少女のセリフを聞き終わる前に、俺は再びダッシュして刀を振りかぶった。
もうやるしかない！
俺は今度は左側のたれ目の方へと斬りかかる。

たれ目はうすい笑いを顔に張り付けながら、俺の斬撃をその長い爪であっさりと受け止めた。
その直後、俺は右足でたれ目の左足に向けてローキック。
アリシアにやられたコンボだ、やりかえしてやる。
しかしさすがに見極められて、たれ目は俺のローキックをうまくガードすると、赤いメッシュの入った髪の毛を揺らしながら俺の懐に入ってくる。

一瞬、目と目が合う。
凄みと深みのある、赤い瞳。
身体が硬直した。
やばい、今のはなにかの術か？
そのまま腹部に掌底をまともに受ける。
俺の身体は吹っ飛んで壁に打ち付けられた。
全身に痛みとショックが広がる。

「いってぇ！」

頭も打ちつけて、鼻の奥でツーンと変な臭いがした。
こいつは効くわ。
マネーインジェクションのおかげで致命傷にはならずとも、その衝撃で心臓と肺が圧迫されて一瞬呼吸が止まっちゃったぞ。
さらに追撃でたれ目の少女と吊り目の少女が同時に俺の方へと駆け寄ってくる。

「雷鳴よとどろけ！　いかづちの力を解放せよ！　サンダー！」

みっしーの稲妻の杖の魔法が吊り目の少女に直撃した。
大ダメージを与えるほどではないけれど、一歩か二歩分の足止めはできたみたいだ。
俺はたれ目の方に真正面に向き直ると、刀を振りあげる。
身構えるたれ目の少女。
俺は刀を振り下ろす——"フリ"をしながら叫んだ。

「燃え上がれ、焼き焦がせよ！　ファイヤー！」

そして右の手の平を相手に向ける。
そこから二百万円分のインジェクションでパワーアップされた炎の魔法が放たれ、たれ目の少女を包み込んだ。
燃えさかる小柄な少女の身体。

しかし、このくらいでは倒せまい。
俺は炎に焼かれているその少女に斬りかかろうとして——だが、少女はその場でグランフェッテを決めるバレリーナのようにくるくると回転を始める、いやバレリーナどころじゃない、とんでもない高速回転。コマかよ。
炎はその回転であっさり雲散霧消させられる。
そこに刀を振り下ろすが、あまりの回転力に刀がはじき飛ばされた。
とんでもねえな。
くそ、背後から吊り目の少女もやってくる、どっちが先だ？

「空気よ踊れ、風となって踊れ、敵の血液とともに踊れ！　空刃（ウインドエッジ）‼」

紗哩の攻撃魔法。

「雷鳴よとどろけ！　いかづちの力を解放せよ！　サンダー！」

さらにみっしーの稲妻攻撃。
紗哩の空気の刃に雷の電気がまとわりつき、電気と空気の二重の魔法となって、たれ目の少女の方へと向かっていく。
回転を止めたたれ目は、そのまま飛びのいて魔法攻撃をよける。
そして天井にさかさまになってぴたりと着地する。

向こうで紗哩が硬化のエンチャントをかけた風呂敷を手に持ち、天井のたれ目の方へと投げようとしているのを目の端でとらえた。
よし、じゃあ俺はこっちだ。
俺はその場で後ろを振り向くようにして大きく足を踏み込んだ。

「くらえええええ！」

中段の後ろ回し蹴り。
それは今まさに俺に襲い掛かろうとしていた吊り目の少女の脇腹にクリーン

ヒットした。吊り目はその場で膝をつく。
俺はその勢いのまま、刀を振り下ろす。
絶対によけられないタイミングのはずだったのに、超スピードの反応で吊り目は身体ごと逸らしてそれをよけ、ノーモーションから右手の長い爪で俺の腕をひっかいた。
ガクン、と俺の視界が揺れる。

なんだこれ？

さらに吊り目の少女はとんでもないスピードで俺の真横に飛び、そこから一直線、俺めがけて体ごとミサイルみたいにすっ飛んできた。
やばい、身体の反応がにぶい。
なんとか腕でガードはしたが、まともに攻撃を受けてしまった。
……爪が。
吊り目の少女の爪が、俺の腕に深々と突き刺さっている。

〈エナジードレイン！〉

〈パワーを吸われるぞ！〉

〈コメント打つ暇もないな……〉

〈エネルギーを吸い取られるぞ！〉

爪が光り、俺の身体からなにかが吸われていくのを感じた。

「くっそがぁっ！！！」

俺は腕に爪が刺さったまま、それを利用して吊り目の少女を壁に叩きつけた。
その拍子に爪が外れ、俺の腕からは血が噴き出す。
最高に痛いけれど、その傷自体はたいしたことない。
問題は。

エナジードレイン。

ヴァンパイアが持つ能力の中でももっとも恐ろしいものの一つだ。
身体的・精神的エネルギーを吸い取って自分のものにしてしまう能力。
そして、俺のスキルとは本当に相性が悪い。
せっかくのマネーインジェクションでパワーアップした力を、今ので一部吸われてしまった。
くそ。
もうどうこう言っている余裕はない。
速攻で片づけてやる。

「インジェクターオン！　セット、Gaagle AdSystem!　残高オープン！」

[ゲンザイノシュウエキ：6,184,200 エン]

さっきから百万円くらい増えてるな、外国マネー流入のおかげか？
頭の中で計算する。あれをあれしてああするとして、今いくらまで使える？
よくわからんけど、二百万円じゃ倒せない、もっとだ！

「セット、四百万円！」

俺は注射針を腕に刺した。
普通のサラリーマンが涙ちょちょぎれさせて一年間働いてやっと稼げる金額。
これで倒せなきゃ終わりだ、いろいろと。

この亀貝ダンジョンに潜るまで、俺はＡ級のダンジョンにしか潜ったことがなかった。
そこでは、マネーインジェクションなんて一万円分で十分に戦えた。
それがSSS級の亀貝ダンジョンでは、四百万円分のインジェクションだ。
今までの四百倍ものパワーが俺の中に流れ込む。
指先まで力が満ちていくのがわかる。
視界もはっきりし、聴覚も鋭くなっている。
すべての感覚が一段階上のステージへと押しあげられている。
わずかな空気の揺れまでも感知できそうなほどだ。

吊り目の少女がこちらへとつっこんでくる。

その爪の攻撃を余裕でかわし、俺はその腹に回し蹴りをぶち込んだ。
吊り目は十メートルほど吹っ飛んでいく。
同時に後ろから襲い掛かってきていたたれ目の少女の動きもまるわかりだ、俺はそいつの動きを完璧に読み切って攻撃を楽々さばくと、刀を振り下ろした。

「おるぁ‼」

よし、入った‼
たれ目の少女の左腕が床にぼとりと落ちた。
血が一瞬だけ吹き出すが、すぐに止まる。
燃えるような目で俺を睨みつけるたれ目。

「お兄ちゃん、後ろ！」

おっと、吊り目も再び俺に攻撃してきた。
見える。
見えるぞ。
すべての動きがはっきり見える。
四百万円分のインジェクションで、魔王級と言われるヴァンパイアロードの動きを完全に凌駕（りょうが）できている。
本来なら速すぎてまったく対応できない攻撃も、今は逆にスローモーションに思える。
今なら二人同時に倒してしまえそうだ。
だけど、そうするわけにはいかない、この二人のヴァンパイアのうち一人は人間のアニエスさんなのだ。
俺は左手で吊り目の金髪を雑にひっつかんだ。

「ぐがぁ⁉」

それを引き離そうとする吊り目、だが俺はそれより速く、吊り目の耳を刀でそぎ落とした。

「がぁうっ！」

猛獣のような声をあげる吊り目の少女。
俺は血にまみれた耳を空中でキャッチすると、

「みっしー！　これを！」

それをみっしーに向かって放り投げた。
みっしーはその耳を受け取り、手の平に乗せると紗哩が身に着けているボディカメラに向けた。

「ねえ！　この耳！　この耳は!?」

〈グロ〉

〈ちょっと草〉

〈ピントがあってない……あ、あった〉

〈いやあこの耳で判別できるやついるか？〉

〈切り取られた耳とか初めて見た〉

〈こんなん絶対わからんだろ〉

〈耳垂（じすい）が大きくて、特徴的なダーウィン結節。これ、アニエスのだよ〉

「ほんと!?　間違いない!?　絶対!?」

〈間違いない、こっちがアニエスの耳だよ。耳輪（じりん）の形とダーウィン結節の形でわかる。耳フェチのあたしのプライドにかけてこっちがアニエス。絶対。〉

「あなたのことを信じるよ！　基樹さん、この耳の人がアニエスさんだって！」

吊り目の方がアニエスさんか‼

それさえわかってしまえばもう俺たちの勝ちだ、あとは作戦どおりにいくぞ、と思った瞬間。
たれ目の少女——つまりヴァンパイアロード、アンジェラ・ナルディ——が、俺から距離をとるように飛びすさった。
無駄だ、今の俺にはお前は勝てない、そう思ったとき。
アンジェラは、不穏(ふおん)な魔法の詠唱を始めた。

「ゆがめ、次元よ、ゆがめ、時空よ。すべての点と点をつなぐ面。たわんで縮まり抱き合え。さあ、あのものを。あちらへと」

そして俺を指さす。

〈強制テレポーターの魔法だ!〉

〈一番やべー魔法だぞ〉

〈地球上のどこに飛ばされるかわからんぞ〉

〈っていうか壁の中に飛ばされたら即死で死体も回収不可能〉

やばい、なんてとんでもない魔法を使いやがる。
アンジェラが叫んだ。

「さあ、飛べ、愚かものよ! 転移(テレポート)!!」

透明な、でも目に見える直径一メートルほどの衝撃波のようなものが、すごい勢いで俺に向かって飛んできた。
あれに触れたら強制テレポートさせられる、だけど今の俺なら避けられる、俺は真横に飛んでよけようとして——。
だがそこにいたのはアニエスさんだった。
俺の動きを読んでいたのだ、さすがヴァンパイアロード、アニエスさんの身体を操って俺の動きを封じたのだ。

「くそがっ」

衝撃波が俺に直撃する！

「ぐおおおおおっ！」

俺はアニエスさんの身体をふっ飛ばす。
そしてそのまま横に飛んで衝撃波をよけようと──。
いやだめだ、足の先が触れる──!!
そう、つま先だけ。
つま先だけが衝撃波に触れてしまった。

これが全身で受けていたら壁の中か、空中高くか、地面の奥深くか、海の底
か、とにかくどこかに飛ばされて即死だったかもしれない。
そうでなくても、世界のどこかに飛ばされてしまったかも。
そしたら残されるのはみっしーと紗哩だけ、絶望だ。
だが、つま先だけだったからだろうか、俺の身体はわずか三メートルほど上
方に移動しただけだった。

だけだった、が。

そこにあったのは石づくりの、ダンジョンの天井。
俺の右足が、そこに埋まっていた。
いつかのみっしーと同じ状況、俺は右足がダンジョンの天井と同化した状態
で、ぶらーんとさかさまにぶら下がった。

考えたり迷ったりしている暇はない、俺は瞬時に自分の右足を刀で切り離す、
血が噴き出す、脳が興奮状態で痛みは感じない、左足だけで着地し、出血に
構わずアンジェラに斬りかかった。
アンジェラは右手の爪でそれを防ごうとするが、俺の刀はもはや爪では止ま
らない、爪を切り落とし、連続技でアンジェラの手首をも切り落とす、その
まま刀を下段に振って両足も切り取った。

アンジェラは無様に床をなめる。
だが夜を統べる闇の女帝、ヴァンパイアロード。
刀による物理攻撃だけでは滅することはできないかもしれない。
実際、さっき切り落とした左腕はもう再生を始めていた。

俺の方はと言えば、マネーインジェクションはケガをしたあとに注入すれば治癒の効果があるが、ケガをする前に使用していてもその効果はない。
だから、切り離された俺の右足はそのままだ。
だけど、四百万円分の能力向上効果は続いている。

だから。

俺は今度はアニエスさんの身体の方へと向かう。
片足で跳ねるだけで数メートルは跳べる、これが四百万円。
切り取った右足に不思議と痛みは感じないが、きっとあとから来るんだろうな。
四百万円分のインジェクションした俺の前では吊り目のアニエスさんはもはや無力、しかしその効果もそろそろ切れるかもしれないのだ、急がないと。
今は失った右足を再生させる時間はない。
俺はまずアニエスさんの爪を切り落とし、さらに峰打ちでアニエスさんの足に刀を打ち付ける。

「グガッ！」

アニエスさんはその場で膝をつく。その隙をついて俺はアニエスさんの背後に回り込み、後ろから彼女の腕ごと思い切り抱きすくめ、床に押し付けた。

「みっしー！」

俺は叫ぶ。
みっしーが俺とアニエスさんのそば、数メートルのところまで駆け寄る。

「そこで止まれ！」

あまり近づくと、Dランク探索者にすぎないみっしーはアニエスさんによる思わぬ攻撃を防げないから危険だ。

「インジェクターオン！　セット、Gaagle AdSystem！　残高オープン！」

［ゲンザイノシュウエキ：4,004,700 エン］

戦いの最中でもサポチャは入っていたみたいでけっこう増えている。

「インジェクターオン！　セット！　四百万円！」

そして俺は左手と左膝でアニエスさんの身体を押さえつけつつ、右手で
四百万円分のパワーを注入した注射器を──。
みっしーに向けて投げつけた。
以前紗哩で実験したことがあるからこれがうまくいくのは知っていた。
注射器はみっしーのおなかにブスッ！と刺さる。

「ひゃーっ‼」

まあみっしーが悲鳴をあげちゃうのもしょうがない。
そしてさらに叫ぶ。

「紗哩、頼む！」

「うん！　フロシキエンチャント！　暗闇（ダークネス）！」

攻撃魔法系を使うみっしーは敵の視力を奪うのにまぶしさで目をくらませる
閃光の魔法を使うが、治癒魔法系を使う紗哩は逆に光を遮断する暗闇の魔法
で敵の視力にデバフをかける。
そういう魔法体系になっている。
まあどちらも初心者でも使える初級魔法なのだが。
紗哩はその魔法を二枚の風呂敷にエンチャントし、そしてその風呂敷二枚を
使って、アニエスさんに抱き着き床で丸まっている俺を護るように包み込
んだ。
暴れようとするアニエスさんの手足がはみ出ないように四百万円分のフルパ
ワーでぎゅうっと強く抱きしめる。体重をかけすぎてアニエスさんの体に相
当負荷がかかってしまっているが、仕方がない。

俺の腕の中でアニエスさんの骨が折れる音を身体越しに聞いた。
くそ、あとでトラウマになりそう。
しかし、態勢は整った。

風呂敷のおかげで俺もアニエスさんも、光の影響を受けない。
そして、四百万円分のインジェクションを受けたみっしーが魔法を詠唱した。

「私の心の光よ、はじけよ！　はじけてきらめけ！　閃光(フラッシュ)‼」

ただの目くらましの魔法だ。

しかし、四百万円分のインジェクションは目くらましを目くらましのままにはしておかない。

永遠の夜を約束していたはずのダンジョン内に、小さな太陽が出現して、周辺すべてを強い光で照らしだした。

暗く冷ややかだった迷宮が、今や真夏の炎天下のような灼熱の日光に晒されたのだ。

人工太陽が生み出す激烈な日光は、風呂敷越しにも俺の背中をジリジリと焼いた。
俺の腕の中で、拘束から逃れようとアニエスさんがもがいている。
だが、それを許すわけにはいかない。
今は俺もアニエスさんも、ヴァンパイアとなっているのだ。
なにかの拍子に風呂敷から出てしまったら、その瞬間に灰となるだろう。
俺は必死になってアニエスさんを抑え込む。

そう。

この光を浴びたら、ヴァンパイアは灰となるのだ。
これはあとからみっしーと紗哩から聞いた話だが。
俺によって両足と左腕、それに右手首を切り取られたヴァンパイアロード、アンジェラ・ナルディは、みっしーが作り出した小さな太陽の光をもろに浴びた。
それも、かなりの至近距離で。
再生しかけていた腕や足も、瞬時に焦げて灰になっていく。

「ぐがぁぁぁっ！　この地下奥深くで、まさか太陽を作り出すとは……この

女……！」

みっしーを睨みつけるアンジェラ。

「ひゃー！」

その眼光におそれをなして紗哩の後ろに隠れるみっしー。
そりゃそうだ、SSS級、魔王級とすら呼ばれるヴァンパイアロードに個体識別されて憎悪の視線を向けられたのだ、ただの十八歳の女子高生配信者にそれを跳ね返すだけの精神力は普通ない。

そもそも、太陽を作り出したのはみっしーの能力というよりも、俺のスキルであるマネーインジェクション四百万円のおかげだしな。
アンジェラの身体がぼろぼろと崩れていく。
そこに紗哩が追撃の攻撃魔法をかける。

「空気よ踊れ、風となって踊れ、敵の血液とともに踊れ！　空刃‼」

人口太陽の光でもろくなっていたアンジェラの身体は、細かく切り刻まれていく。

「おもしろい……！　おもしろい……‼　次に会ったときはこうはいかぬぞ……！　わが復活の時を待っていろよ……！」

それを最後のセリフに、SSS級、魔王クラスと称されたアンデッドの女帝、ヴァンパイアロード、アンジェラ・ナルディの身体はすべてが灰となって崩れ去り、そして紗哩の魔法で散り散りにされていった。

みっしーの魔法の効果が切れ、人工太陽は静かに消え去る。
さきほどまでのまぶしい光が嘘のようにダンジョン内は再び薄暗くなる。
俺は風呂敷を外し、身体を起こす。

「勝った……勝ったぞ……」

〈すっげえええええ‼〉

【￥50000】〈SSS 級のヴァンパイアロードに完全勝利〉

〈お兄ちゃんのスキルのバフ能力が史上最強レベル〉

〈まさか太陽を作り出すとか〉

【￥3430】〈みっしーがやった〉

〈さすがみっしー〉

【￥34340】〈さすみし〉

〈おめでとう！〉

〈やばすぎる、強すぎる〉

〈もう世界最強パーティじゃないか〉

〈やったーーーー!!〉

【＄300】〈congratulations !〉

〈お兄ちゃんの刀さばきがすごすぎる〉

【￥500】〈シャリちゃんよくがんばった！〉

〈お兄ちゃんケガ大丈夫？〉

〈アニエスはどうなったんだ？〉

【￥10000】〈治療が終わるまでまだ気が抜けない、みんな追いサポしようぜ〉

コメント欄が喜びと称賛で溢れる。
でも、確かに俺はまだ右足を失ったままだし、アニエスさんは……。

やばい、そうだ、アニエスさんを早く救わなきゃ！

アニエスさんをヴァンパイア化させたアンジェラが消滅した以上、今のアニエスさんはただの人間だ。
みっしーの稲妻の杖の攻撃や、俺の回し蹴り、なによりも最後に思い切り抱きしめたせいでいくつか骨を折ってしまった感触があった。

アニエスさんを見る。
青いインナーカラーの入った金髪セミロングの髪の毛は、今や乱れに乱れてぐしゃぐしゃだ。
着ている青いドレスもビリビリに破けている。
アニエスさんは小さな胸をかすかに動かしてやっとのことで呼吸している状態で、意識はなさそうだ。

「紗哩、治癒魔法を！　早く！」

「うん！　……あたしのマナよ、あたしの力となりこのものの傷口を癒せ！
治癒 !!」

紗哩が治癒魔法をかける。
俺も急がないと！
できることは全部やる！

「インジェクターオン！　セット、Gaagle AdSystem ！　残高オープン！」

[ゲンザイノシュウエキ：1,184,300 エン]

戦いに勝ったことで追加でサポチャが入っている。
この金額でいけるか？

「……あたしのマナよ、あたしの力となりこのものの傷口を癒せ！　治癒 !!」

紗哩が俺にも治癒魔法をかける。

「おいおい、俺はいいからまずアニエスさんだ！　連発してくれ」

「だってお兄ちゃんが……あたしお兄ちゃんの方が大事だし……」

「いいから！　妹なら兄の言うこと聞け、アニエスさんに！」

「うん、わかった……」

しょうがないやつだ。
とにかく、アニエスさんを救わないと！

「セット、百十八万四千三百円！」

もう全額いったれ。
俺は注射器を、ほとんど死にかけているアニエスさんの肩にぶすっと刺した。
さすがにこれで命は救えるだろう。
だがどこまで回復できるか……？
もっとサポチャが！
サポチャがほしい！

少し時間は戻って。

ピロリロリーン。

【緊急ニュース速報】
人気配信者の針山美詩歌さん（18）の救出に向かっていた、アメリカのアニエス・ジョシュア・バーナード氏の主催する探索者団体、"Society of Stuffed Toy Lovers"の発表によると、アニエス氏のパーティは戦力を全喪失。

「はい、亀貝ダンジョン前の桐生さーん？」

「はい、こちら新潟市亀貝にある、亀貝ダンジョン前の桐生です。アニエス氏の主

催する団体、SSTL の現地での発表がさきほどありました。それによりますと、ア
ニエス氏たち六人パーティは、地下十階にて、SSS 級モンスターであるヴァンパ
イアロードの急襲を受け、その戦力をほぼすべて失ったとのことです。アニエス氏
本人はヴァンパイアロードに噛まれヴァンパイア化、ローラ・レミーさんはドラゴ
ンゾンビのコールドブレスの直撃を受け、生命反応微弱で救命はほぼ不可能、ジェー
ムズ・パターソンさん、ジョセフ・アダムズさん、ライアン・サリバンさんとエリ
ザベス・ハリスさんの四人は強制テレポートの魔法を受けて現在消息不明だそう
です」

「これは大変なことになりましたね～」

「はい、これで世界一と呼ばれた探索者、アニエス氏のパーティは全滅となり、針
山美詩歌さんの救助の見通しも、一層難しいものとなりました」

★

一夜明けて。

チャラッチャチャラッチャタリラリラーン（BGM）

「おはようございます！　今日は九月十日日曜日！　今週もサンデーフレッシュ
ニュースの時間がやってまいりました！さて早速ですが、速報です！人気配信者の
針山美詩歌さん十八歳を救出に向かっていた、アメリカの探索者、アニエス・ジョ
シュア・バーナードさんがヴァンパイアロードに襲われてパーティ全滅したニュー
スの続報が入ってまいりました。なんと！　美詩歌さんと、同行していた七宮基樹
さん、紗哩さんたち三人が、ヴァンパイアロードの襲撃を退け、アニエスさんの救
出に成功しました！　二重遭難という衝撃的なニュースでしたが、さすがみっしー
と七宮さん兄妹、やりましたね！」

「はい、私もドキドキしながら配信見てたのですが、信じられないほど見事な連係
プレーで SSS 級モンスターをやっつけました！　ただし、現在アニエスさんの治
癒を続けているようですが、残高が足りずに思うようにいってない模様です」

「はい、そこでただいまから POLOLIVE の宇佐田社長が緊急の記者会見を行います。
まずはそちらの模様からどうぞ」

(記者会見場)
(テーブルの中央に三十歳くらいのスーツ姿の女性)

「はい、それでは緊急の記者会見を行います。私がPOLOLIVE社長の宇佐田でございます。本日はテレビをご覧の皆様にお願いがあってこのような場を設けさせていただきました。皆様もご存じのとおり、当社所属タレントの針山美詩歌と同行している七宮基樹さんのスキル発動には、皆様のサポートチャットが必要となります。Yootubeの規約上、サポートチャットは一人につき一日五万円、もしくは五百米ドルが上限となっており、なるべく多くの皆様のご協力があってこそ、針山と七宮さんご兄妹の安全がより強固なものとなると存じております。しかしながら、昨日のSSS級モンスターとの闘いにおいて残高はほぼ枯渇しており、アニエスさんと基樹さんのケガの回復に十分なものとなっておりません。そのあたりを鑑みながら、みなさまにおかれましてはぜひ、七宮さんのチャンネルの配信をご覧になっていただきたいと存じます」

★

325　ニュースを語る名無しさん　202X/09/10(日)10:33:15.74
　　なんかまわりくどい言い方してたな

326　ニュースを語る名無しさん　202X/09/10(日)10:36:48.12
　　直接サポチャしてくれというと規約上BANの可能性が出るからな

327　ニュースを語る名無しさん　202X/09/10(日)10:41:57.24
　　こんなもん、お兄ちゃんの口座に金持ちが直接一億円とかふりこめばいいんじゃないの

328　ニュースを語る名無しさん　202X/09/10(日)10:45:22.47
　　>327
　　いまどきまだそんなこといってんのか、口座番号がわからないんだよ

329　ニュースを語る名無しさん　202X/09/10(日)10:49:37.89

しかし SSS 級モンスター倒すとかやばいな

330 ニュースを語る名無しさん 202X/09/10(日)10:53:01.53
俺サポチャしにいくわ

331 ニュースを語る名無しさん 202X/09/10(日)10:57:25.67
今日は朝からこの配信見てるわ
今から晩酌しながら眠くなるまで見る

332 ニュースを語る名無しさん 202X/09/10(日)11:00:33.78
まだ昼前だぞ

333 ニュースを語る名無しさん 202X/09/10(日)11:03:49.34
俺も今まで見るだけだったけど、さすがに応援したいからサポチャしてくる

334 ニュースを語る名無しさん 202X/09/10(日)11:07:25.14
お兄ちゃんのスキルの汎用性が高すぎる

335 ニュースを語る名無しさん 202X/09/10(日)11:10:59.89
アニエスを倒したアンジェラを倒したんだから、これもう世界一の探索者を
名乗ってもいいんじゃないか?

336 ニュースを語る名無しさん 202X/09/10(日)11:15:27.45
何万円もサポチャはできないけど、3000 円くらいなら

337 ニュースを語る名無しさん 202X/09/10(日)11:18:02.76
俺も少しはお金をいれてこようかな
アンチだったんだけど今はもうあいつらを応援したくなってきた

338 ニュースを語る名無しさん 202X/09/10(日)11:21:47.21
毎日配信見てるから単純接触効果であいつらにすごく親近感もってきた
べつにもともとみっしーのファンとかでもなかったんだけど

339 ニュースを語る名無しさん 202X/09/10(日)11:25:12.44
＞338 いまもう日本国民全員あの兄妹とみっしーを応援してるよな

340 ニュースを語る名無しさん　202X/09/10(日)11:29:48.31
　もはや国民的人気配信者って、みっしーのことだけじゃなくてあの三人パーティのこと指すようになってる

341 ニュースを語る名無しさん　202X/09/10(日)11:32:58.22
　お兄ちゃんは国民的お兄ちゃんだし、シャリちゃんは国民的妹だわ
　みっしーは相変わらず国民的みっしーだし
　サポチャしてくる

342 ニュースを語る名無しさん　202X/09/10(日)11:35:43.45
　探索者等級評価委員会が臨時会合を開くってよ
　七宮基樹の探索者等級をSSSに昇級するかもって話

343 ニュースを語る名無しさん　202X/09/10(日)11:39:12.67
　お兄ちゃんはSSSで文句ないな
　強すぎる

344 ニュースを語る名無しさん　202X/09/10(日)11:42:23.45
　＞343　あんなエグいスキルがあるのに今までC級だったのがおかしい
　今までの等級評価基準がおかしかったんだよ

345 ニュースを語る名無しさん　202X/09/10(日)11:45:58.12
　シャリちゃんもS級とかになるかもな

346 ニュースを語る名無しさん　202X/09/10(日)11:49:25.54
　すまん、＞331だがストロング缶一気飲みしたらもう眠くなってきた……

347 ニュースを語る名無しさん　202X/09/10(日)11:52:57.76
　寝る前にサポチャしていけよ、国民の義務だぞ

第四章

POLOLIVEの宇佐田社長の記者会見、そしてアニエスさんが抱えていた海外のファン。
それらのおかげで、俺のチャンネルにはどんどんサポチャの額が積みあがっていった。

さすがに世界的な有名人、アニエスさんだ。
集まった額はなんと二百万円ほど。
チャンネル登録者数五百万人のみっしーはそれでも日本国内のみの知名度だったけど、アニエスさんほどの人物となると桁が違ってくる。
そのアニエスさんはまだ意識が戻らない。
四百万円でケガは治ったし、外見からではほかにどこかダメージ受けているのかわからないけれど、今はただぐっすりと眠っているように思える。
顔色も悪くないし、ひとまずはこのまま寝かせてあげよう。

ちなみに、着ていたドレスはビリビリに破けて使いものにならなくなってしまったので、今は全裸に風呂敷を重ねてかけてあげている。

「紗哩ちゃんって風呂敷何枚くらい持ってきてるの？」

みっしーが尋ねると、紗哩はタコ、っていうかクラーケンの肉を棒に刺して火であぶりながら答えた。

「うーん、三十枚くらいかなー。小さく折りたたんでリュックのはじっこに詰めておくと場所もとらないし」

俺もクラーケンの肉をかじる。
うーん、プリプリしてうまいなあ。
塩味しかつけていないのに、深みのあるうまみまで感じられる。
ビールがほしくなる。
こいつをつまみにしてキンキンに冷えたビールを喉に流し込んだらうまいだろーな。
今は飲みものと言えば水しかないからな。

アニエスさんの顔を眺めた。
青いインナーカラーが入った金髪の、ゲルマン系の白人だ。

色素が薄いのか、唇の色も淡い。
情報では二十四歳とか言ってたけど、それより幼く見えるな。
身体も小柄でちっちゃい、これ母国のアメリカだと本当に子供に見えていただろうなー。

ヴァンパイア化させられて操られていたんだ、マネーインジェクションや治癒魔法の力だけでは回復しきれないくらい精神的・身体的疲労が深いのかもしれない。
俺も右足を復活させたけど、痛みはもうないにしろ、若干の違和感は残っている。前衛で物理攻撃担当の俺がこんなだと、戦闘力も落ちてるよな。

っていうか、天井に靴を持っていかれてしまった。
しょうがないから今後ははだしで行動するしかない。
アイテムボックスからブーツとか出てくるといいんだけどなー。
そういや、アンジェラ倒したときにはアイテムボックス出現しなかったな、消滅させたからか？
ドラゴンゾンビ倒したときには出現していた気もするが、アンジェラの爆炎の魔法でふっ飛んじまった。

ふう。
俺も疲れた。
とりあえず、今日一日はこれ以上の行動はせずに休息にあてたほうがよさそうだ。
と、そこに。

「ね、基樹さん。ずっとアニエスさんの顔眺めてるけど……そういう女の子が、好みなの？」

とみっしーが聞いてきた。

「ん？　ああ、まあ好みかどうかはともかく、美人だよなー」

「あ、そう、そういうブロンドの美人がいいんだ……」

ちょっと不機嫌そうに言う。

するとみっしーにくっつくように座っていた紗哩が逆に嬉しそうに言った。

「あれ？　もしかしてみっしー、やきもち!?　ついにお兄ちゃんの魅力に気づいた？」

みっしーは少し顔を赤くして目を伏せた。

「いやいや、そんなことはないよ。ちょっと気になっただけ……ね、紗哩ちゃん、基樹さんて今までどんな女の子と付き合ってきたの？」

あ、馬鹿っ、そんなことを聞くんじゃない！
俺が止める間もなく紗哩は答えてしまう。

「えへへ、いないよ。お兄ちゃん、誰とも付き合ったことないよ。ほら不器用で口下手だから女の子口説くとか無理だよ。だから、お兄ちゃんはずっとあたしのものなの、えへへ」

うううう、恥ずかしい……。
くそ、俺も顔が赤くなっちまうぜ、ほっぺたが熱い。
そんな俺をみっしーは横目でちらっと見て、ちょっと表情を明るくする。

「ふーん、そっか、そうなんだ……。基樹さん、どんなモンスター相手にも絶対怖がらずに真っ先に斬りかかっていくし、すごい勇気ある男の人だし、もう有名人だし、きっと地上に出たらいろんな女の子に告白されるよ、よりどりみどりだよ」

「あ、だめ、お兄ちゃんはあたしのだから。最悪、あたしが認めた人じゃないとお兄ちゃんと付き合うのは禁止だから」

と、そこでみっしーはタブレットのミュートボタンをぽちっと押して、そして俺の方を一瞬だけ見て、紗哩の耳に口を寄せる。
小声だったけど、俺は耳がいいので聞こえてしまった。

「じゃ、紗哩ちゃん、私だったら認めてくれる？」

ん!?
なんだって?
え、待って、それって、それってさ、そういうふうなこと?
俺はこういう男女の機微とかまったくわからないから……。
あー変な期待はやめておこう、きっとそういう意味じゃない違う意味で言ってるんだな、これは。
おかしな誤解をすると恥ずかしい思いをしちゃうぞ……。
紗哩は、えへへへへ、と嬉しそうに笑って答える。

「そっかー、あたしがみっしーの妹になる……ってのは、悪くないかなー。いい子だし。あたし、みっしーのこと好きだよ」

「私も紗哩ちゃんのこと好き」

「じゃあ、みっしーはあたしのお姉ちゃんだね」

「紗哩ちゃん、私の妹になってくれる?」

え、それって、つまり、俺の妹の紗哩がみっしーの妹になるってことは、その、つまり、俺と……。

「ふふふ、タイが曲がっていてよ」

「お姉さま……」

……そっちの意味!?
なんか二人していちゃいちゃキャッキャッし始めた女の子たち。
うーん、若い女の考えなんて一ミリもわからんな。
俺はひと眠りしようかな。

★

やばい、まじで寝てた!
パチッと目を開ける。
すると、いつからそうしていたのだろうか、俺の顔をじっと眺めていたみっ

しーと目があった。

「ひゃっ」

と短く声をあげると目をそらすみっしー。
うぐぐ、俺の寝顔、見てたのか？　なんで？
よだれでも垂らしてたか？
口元をぬぐう。
うん、よだれは出てないみたいだけど……。
みっしーは横を向いてちょっと頬が赤いような……？
体調でも悪いのか？
ずっとハードな戦いが続いていたからなー。
でもさ、こうして見ると、みっしーって、まじで顔がちっちゃいな。
俺と同じ人間だとは思えん。
さすが日本トップレベルの配信者だよな、かわいいし、なんかこう、オーラ
がある。

「へへへー」

紗哩がそんなみっしーにぎゅっと抱き着く。

「あっれぇ？　ふふふ、みっしー、ほっぺた赤いよ？　えっへっへっへ、あ
たしだけのお兄ちゃんだから、あげないけど、でもそうだよね、あたしと推
しがかぶっちゃったんだもんね。良さがわかっちゃったんだねー。うん、同
担拒否したいとこだけど、みっしーならいいか」

「同担拒否って……紗哩ちゃん、そんなんじゃないし……」

「はいはい、もうわかってるから！　みっしーがあたしのお姉さまってこと
でいいんだよね？」

俺の方をちらっちらっと見ながら楽しそうに言う紗哩。

「やめ、ちがっ、そういうんじゃないから！　全然違うから！」

「顔真っ赤だよ？　へへへ、美詩歌お姉ちゃん！」

「もう、やめてよ、もう！　もう！」

みっしーは風呂敷を頭からかぶってしまった。
うーん、起き抜けにわけわからん会話されても俺にはわからんぞ？
どう反応したらいいのかわからなくて困惑していると……。
突然、傍らに寝ていた人物が、がばっと跳ね起きた。
アニエスさんだ！
アニエスさんが、目を覚ましたのだ。
同時に、彼女にかけていた風呂敷がずり落ちる。
戦闘でビリビリに破けちゃったドレスと下着は、みっしーと紗哩が脱がせてたので、今は完全な裸。
魔法のように真っ白な肌、細い腕。
華奢な身体つき、かわいらしいおへそに、とても控えめなお胸、それに、淡い桜色の……。
あれ、こんなん俺が見ちゃいけないやつだわ。
すぐに目を逸らす。

「ひゃーっ！　基樹さん見ちゃだめ！」

みっしーがかぶっていた風呂敷であわててアニエスさんの身体を包む。
ごめん、ちょっと見えちゃった、少し罪悪感。

「ふー、カメラ切っているタイミングでよかったよー」

紗哩がそう言う。
まじでよかった、yootubeってグロには甘いくせにエロには厳しいからなあ。
アニエスさんはぼーっとした顔で、あたりを見渡している。
金髪ポニーテールに透き通るような碧い瞳。

「Where is this place?」

アニエスさんが呟く。

「あ、あの、こんにちは、えーとアイアムミシカ　ハリヤマ！」

「ミシカ……ミシー？」

「イエース！」

と、そこでやっとハッとした顔をしたアニエスさんは、独り言のように呟いた。

「わたし、vampire に……？」

「大丈夫だ、アンジェラ・ナルディはやっつけた。もうアニエスさんはヴァンパイアじゃないです」

「やっつけた……？　あの、vampire lord を……？　きみたちが……？」

「はい、だから今は安全です」

しかし、アニエスさんの声を初めて生で聞いたけど、すごく印象に残る、綺麗な声をしているなー。
なんかこうフルートっぽいっていうか、音楽的。
アニエスさんは順々に俺たちの顔を見ていく。

「ミシカ、モトキ、Shirley。クライアントに助けるように頼まれた、探索者……」

「うん、あたしたちは無事だよ！　……あたしの名前の発音、なんかかっこよかった、本場の発音もいい！」

ちょっと嬉しがっている紗哩。

「わたしの　party member ハ……？」

それについては、俺たちは残念なニュースをアニエスさんに伝えざるを得なかった。

★

「そうか……ぜんめつ……。わたしたち、おまえたちをたすけにきた、だけど、ぎゃく、たすけられた……。すまなかった、ありがとう」

アニエスさんが頭を下げる。
風呂敷を胸と腰に巻いただけの姿。
まだ体中に出血のあとがついている。
痛々しいな。

「大丈夫です、俺たちでなんとかここを脱出しましょう」

と、そこで。
急にコメント欄がさわがしくなった。

〈見つかったって〉

〈速報入ったぞ、見つかった〉

〈ハワイ沖の洋上を木につかまって漂ってたらしい〉

〈アニエスに伝えて！〉

〈おい、ジェームズ・パターソンが救助されたぞ！　ハワイ沖！〉

〈次から次へと情報が入ってくるな〉

〈ライアン・サリバンはロンドン郊外のアスファルトに片足だけ同化した状態で見つかったってよ、命には別状なし〉

〈ジョセフ・アダムズは中国の山の地下で中国政府に保護されたらしい。アメリカ政府が引き渡しの交渉に入った〉

「James……Ryan……Joseph……」

みんな、アニエスさんのパーティメンバーたちだ。
アンジェラ・ナルディの、あの強制テレポートの魔法。
俺はかろうじて足先だけで済んだけど、あれをまともに全身にくらっていたら、俺もハワイとか中国まで飛ばされていたかもしれんのか……。
いやそれはそれでダンジョンから脱出できたってことにはなるけど、その場合みっしーと紗哩がダンジョン内に取り残されてたわけで、そんなことにならずに本当によかったわ。

そしてよかったといえば。
動画サイトでインタビューに答えているライアン・サリバン。いかついメキシカンの男性だ。
ほっとした顔でそれを眺めているアニエスさん。

「少なくとも、三人は無事だったんだね……」

みっしーが小さく呟く。
アニエスさんたちは六人パーティでこの亀貝ダンジョンに潜ったはずだ。
あとの二人は……？
次から次へと情報が更新されるネットのサイトを、俺たちはタブレットを囲んで見守る。

と、またも新情報。
大西洋に浮かぶ島国、イリューナ共和国内で、エリザベス・ハリスさんの生存が確認されたとのニュース。
よかった、これで強制テレポートさせられた四人全員の無事がわかった。

「はぁ～～～～～～」

大きくため息をつくみっしー。
そりゃそうだ、自分が原因で人が死ぬとか、めちゃくちゃいやだもんな。
結果論だけど、くらったのが爆炎の魔法じゃなくてテレポートの魔法でほんとによかった。

あと無事が確認できていないのは、ひとり。

そう、俺たちにメッセージを送ってきた、ローラ・レミーさん。
ドラゴンゾンビのコールドブレスをまともにくらったとのことだが……。
彼女はテレポートさせられたわけではないので、まだこの亀貝ダンジョン内にいるはずだ。
アニエスさんのパーティメンバーはみんな位置探知装置を持っていたそうだ。
だから、ハワイ沖とか中国とかでも、比較的早く発見されたわけだ。
そして今、アニエスさんの団体、SSTLがローラさんの居場所を必死になって捜しているそうだが、コールドブレスのせいで機器が故障したのか、電波が微弱でなかなか位置がつかめないそうだ。
しかし、おそらく俺たちがいるこの地下十階のどこかにいるはずで……。

「アニエスさん、ローラさんを探そう」

「……しかし、わたしたち、おまえたちをたすけにきた。わたしたちのミスをリカバリーするために、クライアントをきけんにさらせない……」

弱弱しい声でそう言うアニエスさん。
確かに、このSSS級ダンジョンの地下十階という深層で、どこにいるかもわからない、生きているかもわからない人間一人を捜して歩き回るというのは危険を伴う。

たとえばの話だけど。
登山家がヒマラヤの八千メートル級の山を登っている最中、誰か一人がトラブルにあって遭難した場合、同じパーティの人間でも見捨てることがあるという。
見捨てざるを得ないのだ。
酸素ボンベなしでは一歩も歩けないほどの過酷な環境下、自分が生き残るだけでも精いっぱいなのに、さらに別の人間をかついで帰るとかは絶対に無理だし、そんなことをしたら共倒れでみんな死ぬ。

SSS級のダンジョン探索はヒマラヤ登山より過酷だと言われることがあるくらいで、だからこそアニエスさんたちのパーティが俺たちを救助するために七億二千万円というとんでもない金額が用意されたのだ。
それが、形としては二重遭難となっちゃった現状、もはやローラさんを助け

借金背負ったので死ぬ気でダンジョン行ったら人生変わった件
やけくそで潜った最凶の迷宮で瀕死の国民的美少女を救ってみた

にいけるほどの余裕なんて、普通はない。

でも。
でもさ。
みっしーの顔を見る。
懇願するような目で俺を見ている。
そうだ、みっしーが原因で人をみすみす死なせるなんて、できない。
それに、高額報酬があったとはいえ、わざわざこんな危険を冒して俺たちを
救助しようとやってきてくれたアニエスさん。それに、ローラさん。
助けないわけには、いかない。

「いいんだ、助けに行く。必ず、捜し出して、助けよう！」

「しかし！」

「俺たちはSSS級モンスター、ダイヤモンドドラゴンを倒さないと、どちら
にしてもこのダンジョンを脱出できない。ローラさんだって、一流の探索者
なはず」

「SSランクの、武闘家ダ……」

「なら、戦力は多い方がいい。多少のリスクを取っても助けに行くべきだ。
負傷していても、俺のスキルなら治せる。それになにより、俺たちは人間だ
から。そこに生きている人間がいるなら、助けに行く。それが、人間のやる
べきことだと思う。みっしー、紗哩、いいな？」

「もちろんだよお兄ちゃん」

「うん、私もそうしてほしい」

アニエスさんは俺たち三人を見て、その淡い色の唇をかすかに動かし、

「ありがとう……」

と言ったあと、俺を突き飛ばして壁にふっ飛ばした。

はあ!?
ガツン!
俺は壁に全身でぶつかる。

「……!????」

な、なにするんだ、この人……?
だけどすぐにわかった。
俺がいた場所を、レーザー光線のようなものが貫いていたのだ。
そのレーザー光線はぎりぎりのところで俺に当たらず、壁をジュウ!と焦がして溶かした。

……モンスターの襲撃だ。
そこにいたのは、山羊だった。
だがそいつは全長三メートルはあろうかというでかさで二足歩行している。
顔は山羊なのだが、かわいらしさのかけらもない。
眼光はまさに虚無をあらわすかのような深い漆黒。
曲がった山羊の角はどこかくすんだ色をしていて、得も言われぬ禍々しさを感じさせる。
カラスのように真っ黒で大きな羽が背中から生えていた。

そして、そいつらは、三匹並んでこちらへとやってくる。
その山羊の頭をしたモンスターが、レーザーで攻撃をしかけてきたのだった。
アニエスさんに突き飛ばされなかったら、直撃していたところだった、危なかった。

〈SS級!〉

〈ブラックデーモンだ!〉

〈またSS級か、もうやだこのダンジョン〉

〈とんでもないレベルのモンスターばっかりやってくるな〉

【¥50000】〈もうサポチャ投げるくらいしかできない。がんばれ〉

借金背負ったので死ぬ気でダンジョン行ったら人生変わった件
やけくそで潜った最凶の迷宮で瀕死の国民的美少女を救ってみた

【¥34340】〈みっしー！　頑張れ！〉

【$500】〈save Laura,plz！〉

〈魔法攻撃が強力な高レベルモンスターだからな。気をつけろ！〉

〈三匹もいるのかよ〉

〈SS級三匹って、SSS級一匹相手するのと同じくらいやばくね？〉

まずいまずい、山羊の頭をした悪魔とか、もはや伝説級のモンスターがばんばん出てくるようになったな。
それも三匹かよ。
俺は手早くみっしーと紗哩にインジェクションする。
とりあえず五十万円分ずつ。

「二人は後方で支援頼むぞ」

自分にもインジェクションする。
SS級三匹かよ、ほんといくら金があっても足りねえ！

「インジェクター、オン！　セット、二百万円！」

二百万円もあったら俺たち兄妹ふたりで一年間は食っていけるのよな。
くそ、命には代えられねえぜ。

そうだ、アニエスさんは？
アニエスさんは病みあがりだし、今は裸に風呂敷を巻いているだけの姿で武器も防具も持っていない。
さすがにSSS級の探索者とはいえ……。

「アニエスさんも下がっていてください！　俺がやっつけます！」

「だいじょぶ。わたし、つよい、かなりつよい、たたかう、かのう」

なんかアニエスさんの日本語の発音、どんどん良くなるなあ。
語学の天才っていうのは本当っぽい。
いや、そんなことより。

「アニエスさん、じゃあ俺のスキルでパワーアップを……」

「いらない。わたし、このまま、つよい」

そして。
なんと、アニエスさんは俺の目の前で、すーっと地面に溶け込むようにしていなくなった。
なんだこれ？
きょろきょろまわりを見渡すが、まじでどっかに消えたぞ？
多分固有スキルなんだろうが、すげえな。

「わたし、せかいさいきょーのニンジャ。おまえこそ、きをつけろ」

声だけ聞こえてくる。
そういや、あの伝説のヴァンパイアロード、アンジェラ・ナルディも、一度はアニエスさんに首をはねられたとか言ってたな……。体術でアンジェラを上回っていたということか。

人類最良にして最強のニンジャ、アニエス・ジョシュア・バーナード。
うん、じゃあその力を信用することにしよう。
俺の後ろからみっしーと紗哩の攻撃魔法がブラックデーモンたちに向かって飛んでいく。
不思議なステップを踏んでそれらをかわしていくブラックデーモンたち。

右側のブラックデーモンが、ふらりと右腕をあげたかと思うと──。
来た！
ライムグリーンのレーザー光線が、俺に向かって発射される。
マネーインジェクションの力で超反応した俺は、そのレーザー光線の軌道を見極め、刀で叩き落とした。
ギィィィンッ！

耳障りな音ともに光線は壁に跳ね返り、壁を溶かしていく。
よけるだけだと、なにかの拍子で後ろにいる女の子たちに当たる可能性もあるからな。
なるべく叩き落とせるやつは叩き落としてやる。
三匹のブラックデーモンは前衛の俺を一番の脅威とみなしたらしく、三匹がかりで俺にレーザーを撃ってくる。
俺はそれを刀で次々に跳ね返していった。

〈お兄ちゃん sugeeeeeee〉

〈ブラックデーモン三匹相手に全然余裕だな〉

〈なんかここまでだともはや安心してみていられるレベル〉

〈ところでアニエスはどこにいったんだ？〉

【￥20000】〈みっしー頑張れ！　稲妻の杖かっこいいよ！〉

〈お兄ちゃん、だんだん素の動きもよくなってきているな、もはや達人レベル〉

俺はやつらの攻撃を見極め、

「ここだっ！」

一気に踏み込んで距離を詰める。
一番右端のブラックデーモンに向かって、刀を振るった。
ブラックデーモンはいったんはそれを鋭い爪で受ける、キンッと金属音が響き刀が跳ね返される、俺はその反動を利用してくるりと一回転、その勢いで一気にブラックデーモンの胴体を横に薙ぎ払った。

「グオオオオオォ……！」

断末魔の叫び声とともに床に崩れ落ちるブラックデーモン。
よし、あと二匹だ！
この調子でやってやる！

俺はさらに刀を構えて、残り二匹に斬りかかろうとして──。
異変に気づいた。
ん？
なんか、こいつら、急に動きが止まってないか？

なにしろSS級モンスターだ、油断はできない。
俺が慎重に距離を詰めようとした、そのとき。
ゴトン、ゴトン。
二つの低くて重い音とともに、二匹のブラックデーモンの首が床に落ちた。
ブシュッ！
黒い血が首を失った切り口から噴き出て、ふたつの大きな体はそのまま倒れた。

「は？」

驚いていると、俺の隣にすちゃ！とどこからか降りてきて着地するアニエスさん。
控えめなお胸に巻かれているアニメ柄の風呂敷が揺れた。
ちょっとほどけかけたのか、アニエスさんはきゅっとそれを結びなおす。

いや待て、今気づいたんだけどこの風呂敷、乙女ゲームのイケメンキャラがプリントされてる風呂敷じゃねーか、紗哩のやつそんなもんどこで入手したんだ、そしてそんなもんをアニエスさんの胸に巻かせるな。あとこのイケメンキャラ顎がとがりすぎじゃね？
っていうか、このブラックデーモンの首をはねたのは、もちろん、アニエスさん……だよな？

「すげえ、さすが世界一のニンジャ……」

「おまえ、うごき、よかった。なかなかよき。おまえとなら、いっしょにやれる」

〈朗報　お兄ちゃん、SSS級探索者に認められる〉

〈やっぱアニエスから見てもお兄ちゃんの動きよかったのか〉

〈っていうか顎とがりすぎ〉

〈シャリちゃんのゲームの趣味やばすぎ〉

〈まって顎www　顎がとがりすぎてwww　草wwwww〉

〈悲報　シャリちゃん、とがった顎が好き〉

〈俺ちょっと顎削ってくるわ〉

〈俺もタコスクリニック行ってくる〉

山羊の頭のモンスター、ブラックデーモンを倒すと、そこにはアイテムボックスが出現した。
アイテムボックスはそのときによって大きさが変わるのだが、今回は五十センチ四方の正方形をしている。
SS級モンスターを倒したあとのアイテムボックスだ、中になにか有用なアイテムが入ってるかもしれない。

「じゃあ、俺が解錠を……」

「いや、わたしにまかせろ」

アニエスさんが俺を制して前に出る。
そうか、アニエスさんはニンジャだからトラップ解除の技術も持っているのだ。
ニンジャって、盗賊系職業の上級職だからな。

「ピッキングツールもっているか？」

「じゃあこれ使ってください」

俺はアニエスさんにピッキングのためのアイテムを渡す。
細長くて先がまがった千枚通しみたいなツールだ。
材質や形が違うものが何種類かあって、これでアイテムボックスの鍵を開

ける。

解錠に失敗すると、しかけてあったトラップが発動して、たとえば爆発したり、内部に設置されていた火炎放射器が発動したり、毒ガスが噴き出たり、テレポーターの魔法が発動したりするわけだ。

いつもは俺が自分にマネーインジェクションをかけて解錠するのだが……。
ここは世界最良のニンジャのやりかたを勉強させてもらおう。
と思ってたのに、アニエスさんは無造作に鍵穴にピッキングツールを突っ込むと、もののコンマー秒くらいで解錠してしまった。

すげー。
すごすぎて勉強にならんな。
出てきたのは、二つのアイテム。
長さ三十センチほどの、短剣。
そして、革でなめしたようなブーツ。
……ブーツ！
アニエスさんははだしになっている俺の足をちらりと見る。

「ほら、つかえ」

「え、でもアニエスさんもはだしじゃないですか……」

「わたしはニンジャだから、きたえている。ほら、さわってみろ」

アニエスさんは立ったまま、スッと足をあげ、俺に足の裏を見せる。
片足立ちでも全然重心のブレがない、さすがだ。
言われたとおり触ってみると、なるほど、足の裏、カチンコチンだ。
人間の足の裏って、こんなに硬くなるもんなんだなあ。

へー、でもアニエスさんの足って、けっこうちっちゃいなあ。
ふーん、すごい、こんな足の裏が固くなるんだ、へー、ちょっとこすってみよう、ほー、なるほどなるほど、土踏まずのところとかちゃんと筋肉というか腱が鍛えられている感じで、ほーほー、爪の先でコリコリコリコリコリ！
とこすってやる、うん、ちょっとわざとやってみた。

「や、やめろ、アハハ、ウフフ、やめ、くすぐったいから、やめぇぇ！
AHHHHHHH!!　いひひっひひひ！」

アニエスさん、笑い転げてひっくり返っちゃった。
世界一のニンジャなのに。
アニエスさんはしばらく床の上で身体を震わせたあと、バッと立ちあがると、

「なにする！」

と口をへの字にして言った。

「だって触っていいって……」

「くすぐる、だめ！　つよいいたみ、わたしヘーキ！　よわくさわる、わた
しがまんできない！」

青い瞳を俺に向けて怒るアニエスさん、目の端に涙が浮かんでる。
まじでくすぐりに弱いみたいだな、ちょっといたずら心を出しちゃって悪
かったわ。

「あの！」

みっしーが俺に声をかけた。

「お、お、女の子の身体を、今みたいに触るのは、基樹さん、よくないと思
うんですけどぉ？」

「ああ、悪かったよ、反省してるよ」

なんかみっしーまで怒っているな、やっぱり調子に乗りすぎたかもしれん。
たまーにやっちゃうんだよなー。

「お兄ちゃん、陰キャのくせにたまーに調子に乗るよねー」

紗哩にも俺が思ったのと同じことを言われた。
反省しようっと。
俺は渡されたブーツに足を入れる。
お、ちょっときついけど履いているうちに慣れるだろう、いいじゃん。

「それ、speed up のブーツ。すこしだけ、すばやさあがる」

アニエスさんがそう教えてくれた。
ほー。さすが SSS 級。いいもの手に入ったな、ほしいときにほしいものがアイテムドロップするとは運がいい。

「こっちはわたしがもらう。わたし、ブキもってないから。いいか？」

短剣か、俺は刀を持っているし、みっしーは稲妻の杖があるし、紗哩も風呂敷あるし。

「ああ、アニエスさんはそれを使ってくれ……ん？　あれ、じゃあさっきのブラックデーモン、どうやって首を……？」

「すでで、きった。わたし、きたえているからな。みてみるか？」

アニエスさんが手を差し出した。
げー、まじか、SS 級モンスターの首を素手で切り落としたってか？
SSS 級探索者ってまじすげーな。
どれどれ、ほーん、手の平は普通の女の子と変わらないように見えるけどなー。
ちっちゃい手の平だ、こっちはけっこうぷにぷにだな、じゃあ失礼して。
こしょこしょこしょこしょ！
手の平をくすぐった瞬間、

「うひゃひゃひゃひゃっ！」

アニエスさんの身体がビックーンと跳ねて、そのまま俺にボディブロー。俺はふっ飛ばされて全身が壁にビターン！と張り付いてからドタン！と床に落ちた。

これ、二百万円のマネーインジェクションの効果が少し残っていたから無傷で済んだけど、わりとやばい攻撃だったぞ、今の……。

「へー、ふーん、そういうことやるの、好きなんだー？　へー、くすぐるのが好きなんだ……」

ちょい頬を赤くしてそう言うみっしー。

「お兄ちゃんのくすぐりはめっちゃレベル高いよ！　ちっちゃいころはよくくすぐられて笑い死ぬかと思った！　テクニシャンだよテクニシャン」

紗哩がそう言い、それを聞いたみっしーはさらにほっぺを赤くして、

「へー、ほー、そーなんだー、へー、テクニシャン、ねー……」

と呟いていた。

「ふー、ふー、ふー、おそろしいやつ……」

涙目で俺にそう言うアニエスさん。
……俺たち、こんなことしている余裕、あるんだろうかね……。

★

さて、俺たちはこの地下十階のどこかにいるはずの、ローラさんを探さなければならない。
マッピングしながら進んでいく。
まずアニエスさんが先頭を歩き、次に紗哩、そしてみっしー、俺の順番だ。
ゲームとかだと戦士系の職業は前に固まりがちだけど、実際の戦闘となるとバックアタックにも備えなければならないのでこの隊列になる。
俺は後方を警戒しながら、前を行く女の子たちについていく。

見えるのはアニエスさんの金髪ポニーテールと紗哩のサイドテール、そしてみっしーの黒髪ショート。
っていうか、みっしーはシャツに下半身は風呂敷をスカートみたいに巻いて

いるだけ、アニエスさんにいたっては風呂敷を胸に巻き、下半身には風呂敷をふんどしみたいに装着している。
スカートみたいに巻くと、動きづらいからだそうだ。
直接戦闘するニンジャだからな、風呂敷を巻いただけだとタイトスカートみたいになって動きが阻害されるから、そりゃこうするよな、とは思うのだが。

まあなにせ、ふんどしスタイルだ。
あれだ、お祭りのときにお神輿かつぐ人がつけている、あのふんどし、あんな感じ。お尻丸出し。
真っ白な肌の、完璧に綺麗な形のお尻。
ゲルマン系の人って、日本人よりお尻の位置が高いよなー。
それがほんの数メートル先で、歩くたびにポニーテールの毛先と一緒にプリン、プリン、と揺れているわけで。

アニエスさんは小柄な女の子だけど、顔も小さくて頭身もそれなりにあるし、足もすらりと長くて腰もほっそい。
この身長の女の子としてはベストなくらいのプロポーションの良さ。
俺だって二十二歳の男なわけでさー。
じゃあ聞くけど、この状態でお尻に目が行かない男なんてこの世に存在する？
次から次へと襲ってくる命の危機、ギリギリの戦闘。
そんな中、遺伝子を残そうという本能が煩悩を強めてしまうのはしかたのないことだと思うのです。
そんなわけでついついアニエスさんのプリプリなお尻に目が行ってしまうのでした。
うーん、心臓がドキドキしちゃうな……。
と。
みっしーが突然、立ち止まって振り向いた。
あ、やべ、慌ててアニエスさんのお尻から視線をそらす。

「……基樹さん、ちゃんと後ろ見張っててくれてるよね？」

「あ、ああ、もちろんだ」

「……ふーん……。ふーん。へー。まー、いいけどねー」

ジト目で俺を見て、そのあとちらっとアニエスさんのお尻に目をやって、またジト目で俺を見るみっしー。
うう、これお尻見てるのばれて責められてるんだよな、みっしーはやっぱりエッチな男が嫌いなのかもしれない。
俺、嫌われちゃったかな？

「どうした？　なにかあったか？」

そう聞くアニエスさんに、

「いやなんでも。大丈夫だよ、先に進んで」

と答えるみっしー。
そして俺たちはまた歩き始める。
うん、いかんいかん、俺はちゃんと後方警戒しないとな。
みっしーは純真な女の子だし、きっと男のエッチさとか嫌いなんだ、俺も大人の男としてだらしないところは見せられないぞ。

ん？
みっしー、なんか歩きながらスカート状に巻いた風呂敷をちょっとたくしあげて……腰のところできゅっと結びなおしている。
おいおい、そんなことしたらけっこうぎりぎりのところまで太ももが見えちゃっておいおい……。
あ、あ、それ以上あげたら尻たぶまで見えちゃう、あかんあかん。
だめだぞ、みっしー、それは破廉恥(はれんち)だぞ。

すげー、女の子の太ももってなんでこんなに魅力的なんだ、心が奪われる……。
思わず視線がそこに吸い取られて、その瞬間、横目でみっしーが俺をちらっと見る。
俺はまたも慌てて目をそらす。
ばれたかな、ばれたな。
みっしーはちょっと耳を赤くして満足げな笑みを浮かべた。
あれだな、きっとアニエスさんの大人の魅力に憧れてああいうことやってる

んだな、みっしーは子供だなあ。

〈ケツ〉

〈尻〉

〈太もも〉

〈みっしーの太もも〉

〈みっしー、下尻見えてる〉

〈いい……〉

〈みっしー、嘘だよな……〉

〈これ絶対みっしーわざとだよな〉

〈でもお兄ちゃんみっしーがわざと見せてるの気づいてないし〉

〈みっしーガチ恋勢ワイ、動揺中〉

〈尻で対抗〉

〈うー私のお兄ちゃんがみっしーにとられちゃう〉

〈俺は顎が気になってそれどころではない〉

〈みっしーのためにここまで命かけてるんだからまあお兄ちゃんならと思わなくもない〉

〈わかるけど、俺は許さんぞ〉

〈俺、お兄ちゃんのお嫁さんになりたかったのに〉

〈俺はみっしーの子供に生まれたい〉

〈わたしはお兄ちゃんから産まれたい〉

〈キモくて草〉

〈どっから産まれるんだよ、人間には総排出腔はないぞw〉

〈俺はノーマルだからやっぱりみっしー派だな〉

〈いや、アニエスのほうが好き。アニエスのお尻、まん丸ですごくいい〉

〈アニエスが一番かわいいのは耳だと思う。お兄ちゃんの耳もキュート。みんなも
そう思うでしょ？〉

〈いやそれはあなただけw〉

〈草〉

〈なんなら私はお兄ちゃんのお尻が見たい〉

〈まじで草〉

〈俺は見られたい〉

〈ここのコメ欄、変態率が高くねえか？〉

アニエスさんの持っている yPhone が鳴った。
それを取り出して画面を確認すると、アニエスさんは静かに言った。

「SSTL から連絡。ここから北西、ローラの生命反応、発見。……生きてる、
よかった……」

アニエスさんは心底ほっとした表情を見せる。
そりゃそうだ、自分のパーティメンバーだもんな。

俺たちはマッピングに使っているタブレットを覗き込む。
なるほど、ここから北西の方向か。
ダンジョンだから、どういう道になっているかはわからない。
だけど、この亀貝ダンジョンは他の迷宮と比べて単純なつくりをしている。
道に迷わせようという意地悪なつくりにはなっていないのだ。
まあ、少なくともここまでは、の話だけど。
だからとりあえず素直に北西に向かうことにしよう。

実はこの亀貝ダンジョン、今まで何度かＳ級の探索者が攻略のために深層階までチャレンジをしているんだけど、ことごとく失敗してあまり情報が残っていない。
みっしーと同じようにテレポーターの罠にひっかかって地下十五階に飛ばされ、配信中にダイヤモンドドラゴンにやられてしまったパーティはいるけれど……。

だからこのダンジョンのボスがダイヤモンドドラゴンってことが知られているのだ。
まあでも全部の探索者が俺たちみたいに配信しながらダンジョンに潜るかというとそういうわけじゃないからな。
特にＳＳＳ級ダンジョンの深層階となると配信しながらというのは少数だ。

たとえば、ちょっとした山歩きを配信しながらやる人はいても、ヒマラヤ登山をリアルタイム配信しながら登山するなんてのは少数なわけで、ダンジョン探索だって同じだ。
で、階段で戻ってこられない地下八階以上潜ったパーティは誰も生還しなかったので、情報を持ち帰れていないわけだ。
だから、この地下十階のマップもほとんどわかっていない。

「俺たちが最初の生還者になるぞ。絶対に生きて帰ろう。そのためにもまず、ローラさんだ」

ダンジョン内を慎重に進む俺たち。
ダンジョンと言ってもここめちゃくちゃ広いからな、三十分は歩いただろうか。
石造りの壁と床が、進むうちに洞窟のようなごつごつとした岩になっていく。

天井も同様で、今まではせいぜい三メートルくらいだった天井の高さが、だんだんと高くなってきて、今では十メートルを超す高さとなっている。
本当に天井が高くなったのか、それとも床が気づかないほどゆるく下り坂になっていたのか、その両方か。
もう迷宮というよりも、自然の巨大な洞窟みたいな感じになっている。
さっきブーツが手に入って本当によかった、俺の軟弱な足の裏だとこの岩の上を歩くのは難しかっただろう。
はだしのままのアニエスさんはまったく意に介さず歩いているけどな。
どんだけ強靭な足裏してるんだ？　くすぐりには弱いけど。

さて、その岩と岩のあいだから、湧き水のように水がジョロジョロと流れ落ちている箇所がいくつもある。
壁からも、天井からもだ。
その中をさらに進んでいくと――。
アニエスさんが、ピタリと動きを止めた。

「なにか、来る。前方と、後方。どちらからも」

俺たちは四人は身構える。
俺とアニエスさんは武器を構え、みっしーは稲妻の杖を握りしめる。紗哩は風呂敷を広げて臨戦態勢。
っていうか、後方からもか。
しばらく一本道だったはずだが、どこか見落とした横道でもあったのだろうか？
ん、床が揺れているな、確かになにか巨大な生物がこちらへと向かってきているっぽい。

「――きた」

アニエスさんが言う。
なるほど、前方数百メートル先から巨大な二本足の怪物がこちらへと向かってきている。
しかも五体。
身長でいうと五メートルを超える巨体、全身が真っ青に光っている。
いや違う、これは全身が氷に包まれているのだ、それが青く反射して光って

いるように見えている。
後方からはまだなにも来ないようだが——?
だがバックアタックを受けるのはまずい。
俺はみんなから少し離れて後方を警戒する。

これがまずかった。
みんなから離れるなら、最低でも紗哩とみっしーにマネーインジェクションしてからそうすべきだった。
くそ、しかし人間っていうのは大事なときに判断ミスをしてしまうものなのだ。
突然。
ゴォン！
と大きな音とともに俺のそばの壁が崩れ落ち、そこからも同じ巨体のモンスターが現れたのだ。
飛び跳ねて距離を取る。
まじか、こいつはジャイアント族だな。
そしてその巨体のモンスターは壁が崩れてできた直径一メートルほどの岩を拾いあげる。そしてそいつを、俺に向かって投げつけてきた。

「おわっ！」

すんでのところでかわす。
その岩は壁にぶち当たって粉々に砕けた。
なんつーパワーだ。
その衝撃で、壁から流れ落ちていた水流が滝のように大きなものとなった。
その水量はすさまじいもので、ザァァァ！という水音とともに、それは川のようにダンジョン内を流れていく。
さきほども言ったように、俺たちはアニエスさんが一番前、次に紗哩、みっしー、俺という隊列を組んでいた。
そして俺はみんなから少し離れたところに位置していた。
その俺とみんなのあいだを、大量の水が急流となって遮ったのだ。

〈またSS級、感覚が麻痺するな〉

〈フロストジャイアントだ〉

〈巨人族か〉

〈怪力だしコールドブレスを吐くしでやばいモンスターだぞ〉

〈そいつが合計六匹か〉

〈シャリちゃん負けるなよ〉

〈SS級が六匹とか、万全の体勢のSSS級探索者パーティでも勝負はわからんのに〉

〈大丈夫、お兄ちゃんとSSS級のアニエスがいるんだ、負けるわけない〉

〈みっしーがんばれ〉

「インジェクターオン！　セット、二百万円！」

まずはマネーインジェクション。
水流で俺とほかの三人とは分断させられてしまったが、とりあえずは俺の目の前にいるこの一匹を仕留めなければ助けにも行けない。
アニエスさん一人でどこまで五匹のフロストジャイアントを抑えられるかわからない。
急がないと！
俺は刀を構える。
目の前のフロストジャイアントは身長五メートルほど、氷に覆われた肌は真っ青に見える。
体はでかいが体つきは人間とほぼ同じで、腰に布だけ巻いたこいつは筋骨隆々だ。
顔はもじゃもじゃの長いひげに覆われていて、表情はわからない。
人間と同等程度の知性はあると聞くが……。

フロストジャイアントはこぶしを握り、俺に殴りかかってくる。
大きさのわりにかなりのスピードだ。
俺はそれをなんなくかわす。
今度は俺に向かって蹴りあげてくる。

それもサイドステップでかわして、よし、斬りかかるぞ、と刀を振りかぶったそのときだった。
フロストジャイアントは大きな口を開けて、とんでもない勢いの凍てつく氷のブレスを放った。
すべてを凍らせる、恐るべきブレス。

「ぬおっ」

横っ飛びに飛んでなんとかよける。
やべー！
同じ冷凍系のブレスでも、ドラゴンゾンビのコールドブレスを越える威力だ。
さすが凍土の戦士と言われるフロストジャイアントだな。
あんなのまともに受けたらたとえ二百万円分のマネーインジェクションをかけているとはいえ無事は済むまい。
そう考えて、ぞっとした。

じゃあ、みっしーや紗哩たちは？
今は彼女たちにマネーインジェクションをかけていない。
SSS級探索者であるアニエスさんはともかく、ふたりはD級とA級の探索者にすぎないのだ、こんなブレスを受けたらひとたまりもないぞ！
前方からこちらへ向かってきているフロストジャイアントたちは、女の子たちまであと数十メートルまで迫ってきている。
ぱっと見、もうすでにアニエスさんの姿は見えない。
きっとスキルを使って消えているのだろう。
とはいえ、一人でSS級五匹を同時に相手するのは無理だ！
とにかく、俺が急がないと……。
許された時間はほんの一分ほどだろう、とにかく急げ！

「セット、百万円！」

お金をケチって女の子たちがやられたら終わりなのだ、多めにインジェクションしていく。

「オォォォォォォォォ……！」

不気味な唸り声をあげて再び俺に向けてブレスを吐くフロストジャイアント、しかし合計三百万円のマネーインジェクションをした俺の反応スピードの前ではスローモーションみたいなもんだ。
それを避けて猛烈なダッシュでフロストジャイアントの足元に駆け寄る、さすが巨人族はでけえな、俺の身長と膝丈が同じくらいだ、俺を蹴り飛ばそうとするフロストジャイアント、俺はその動きも読み切って軸足に駆け寄ると、そのアキレス腱に刀で切りつける。

「ゴァァ!?」

大きな音をたててその場にうつぶせで倒れ込む巨人、その身体の上を俺は駆けていく。
そして、その首に向かって一直線に刀を突きたてた。
エメラルドグリーンの血が噴き出す。

俺は血に構わず、首に突き立てた刀をそのまま振りぬいた。
ドバァ!とさらに大量の血が流れ出る。
とどめだ、もう一撃!
さらに刀を振り下ろす。

フロストジャイアントの首が胴体から切り離され、ごろりと地面に転がった。
驚いたことにフロストジャイアントはまだ生きていて、その怒りに満ちた目で俺を睨みつけている。
悪いな、もはやここからお前に逆転はできない、そのまま死んでくれ。

よし、じゃあ紗哩たちのところへ駆けつけよう。
俺は川の流れのようになっている水流を軽く飛び越えようとして──。
足がすくんだ。
んん?
なんだこれ?
おいおいおい、冗談じゃないぞ、川幅なんてせいぜい三メートルだ、三百万円分のマネーインジェクションをした俺ならなんの苦労もなく飛び越えられるはず。
だが。
なぜか、どうしても、流れていく水流を見ると本能を突き刺すような恐怖に

駆られて足が動かなくなるのだった。

……そう、俺は今、半ヴァンパイアなのだ。
ヴァンパイアの持つ特性。
流れる水を越えられない。
その弱点とも言える特性を、半ヴァンパイアである俺も持っていたのだ。
ヴァンパイアがヴァンパイアである以上、その弱点はマネーインジェクションでもどうにもならないもののようだった。

五匹のフロストジャイアントは女の子たちのそばまで寄ってきている。
と、そのうちの一匹が首から血を噴出させながら崩れ落ちた。
アニエスさんの技だろう。
だが一人でどこまでやれる？
というか、あのブレスをみっしーや紗哩がまともに受けると本当にまずい。
速くアニエスさんの助太刀にいかないと！

くっそ、どうにかできないのか⁉
俺は強引に足を水流に入れる、だがその刹那、俺の全身をびりびりとした痛みが走って俺の意志とは無関係に足を引っ込めてしまう、ああだめだ、アニエスさんは今二匹を同時に相手しているが、もう二匹はみっしーたちの方へと向かっている、どうしたらいい、どうしたらいい、どうしたらいい⁉

……くそ、これしかないか⁉
俺は転がっていたフロストジャイアントの首を持ちあげる。
こいつ、頭もでけえな、両手で髪の毛をひっつかんでやっとのことで水流のそばに置いた。
首だけになったフロストジャイアントはまだ生きていて、

「クァアアッ！」

と俺に向かって威嚇の声をあげる。
SS級モンスターってやつはほんとやべえのしかいねえな。
しかしその生命力の強さが今回俺を助けてくれる。

「インジェクターオン！　セット、百万円！」

そして俺はその注射器を――フロストジャイアントのほっぺたにぶっ刺した。
次の瞬間。
フロストジャイアントの首が発光し、以前のみっしーの足がそうだったように、じわじわと身体が復活していく。
とは言ってもそのスピードは速くない、本当にゆっくりだ、みっしーのときも足だけで十五分くらいはかかったしな。
俺はその首の前に自分の身体を晒す。

「おら、巨人、お前の首をはねた人間がここにいるぞ？」

フロストジャイアントはほとんど反射的に口を開き、俺に向かって凍てつくブレスを吐いた。
俺はそれをひらりとかわして頭部の後ろに回ると、その髪の毛をひっつかんで角度を調整する。
そう、百万円で強化されたそのブレスを水流にあてたのだ。
動いている水というのは凍りにくいものだが、なにしろ百万円分のインジェクションだ、ものの数秒で真っ白に凍り付いていく。

「グワァァァッ！」

怒りに我を忘れているのか、首だけのフロストジャイアントはブレスを吐き続けるが、俺は首の角度を変えて水流が溢れ出している場所にもブレスを当ててやる。
うむ、これできっちり凍った。
さきほどまで川のように流れていた水が、今や氷河のように凍り付いたのだ。

「じゃあもう用済みだ！」

首から下が復活しかかっているフロストジャイアントの頭部、それに向けて俺は刀を振りあげ、目と目のあいだを通るように垂直方向にまっぷたつに斬る。
フロストジャイアントの頭部はスイカを包丁で半分に切ったときのようにふたつに分かれてごろんと転がった。

さすがにこれで絶命したようだな。

「今行くぞ！」

俺はかちんこちんに凍った水の上を駆けていく。

「インジェクターオン、セット、百万円！」

俺はまずみっしーの元に駆け寄る。
肩のあたりにぶすりと注射針を刺す。

「んん……！」

みっしーもそろそろ慣れてきたのか、黙ってそれを受け入れる。
いつも注射の仕方にやさしさが足りないと叱られているけど、やさしく注射
するようなシチュエーションにならないからなあ。
次に紗哩にもインジェクションする。

「輝け！　あたしの心の光！　七つの色、虹の力、壁となりてあたしたちを
護れ！　防護障壁（バリア）！！！！」

パワーアップした紗哩が防壁の魔法を唱えた。
あの爆炎の魔法にも耐えきった百万円分の防壁だ、これでコールドブレスも
防げるだろう。
俺はそのまま四匹のフロストジャイアントに向かっていく。

「アニエスさん！　俺のスキルでパワーアップする！　こっち来て！」

俺が叫んだ次の瞬間にはアニエスさんが俺のすぐ隣にいた。
すげーな、さすがは世界最高のニンジャだ。

「インジェクターオン！　セット、三百万円！」

俺の手の中に注射器が出現する。

「……それ、どうする？」

「いや、注射するから腕出して！」

「やだ」

「なぜ？」

「ちゅうしゃ、こわい」

あほかぁ！
え、この人、まじでこれを言っているの？

「いや、そんなこと言ってる場合じゃないです、打ちます！」

俺はアニエスさんの腕に注射器を刺そうとして──。
するりとそれをよけるアニエスさん。

「え、まじでやってるの？」

「こわい」

いや、そんなことを言ってる場合じゃないんですけど？
ほら、フロストジャイアントがすぐそこまで……。
俺は今度はアニエスさんの肩に注射器を刺そうとするけど、それも超高速でよけるアニエスさん。

「やっぱり、こわい。それ、なかはえきたい？ エネルギー？ それだけほら、ここにチューってだせ」

アニエスさんが口を開けてその中を指さす。
ちっちゃい舌を細かくペロペロペロと動かしている。
えええぇ……。

〈エロい〉

〈やばい、アニエスの舌の動きやばい〉

〈エッッッッ〉

〈おいしそう〉

〈ペロペロペロペロ〉

〈prprprprprprprpr〉

ほんと、コメント欄はアホしかいないな……。
それはともかくだ。
口の中に注射器の中身だけ出せってこと？　それを飲み込もうっての？　それでいいの？
今まで注射以外で試したことないしなあ……。
やったことないからわからん、はっきり言って三百万円をそんな成功するか失敗するかわからないことに使いたくない。

「はい、わかりました」

と俺は言って、アニエスさんの口の中に注射器の中身を出すフリをして――。

「てい！」

フェイントかけた上で注射器をアニエスさんの太ももにぶっ刺した。

「アウチ！　こ、このわたしにこうげきを、せいこうさせる、おまえ、すごいな」

いやー、俺も今三百万円分のパワーアップしてるからな。

「アニエスさん、じゃあ二人で行きますよ！」

「おぼえていろよ」

俺とアニエスさんは並んでフロストジャイアントに向かっていく。
さきほどと同じように攻撃をかわしながら足に切りつけ、地面に倒す。
こいつら生命力すごいからな、確実にとどめを刺さなければならない、俺はフロストジャイアントの頭を刀でかちわってやった。
うわぁ、まっぷたつにされた脳みそがどろっと溶け出して……やばっ！
さて、あと二匹かな、と思って顔をあげると、そこにはすでにふたつの巨大な生首が並んでいた。
アニエスさんがあっという間に三匹なぎ倒したのだ。
すげえ。

「モトキ……モトキ。お前、スキル、すごい。身体、かるい。おまえのスキル、わたし、相性、最高……」

アニエスさんは自分の手の平を眺めながらそう言った。そしてキッと俺の顔を見あげる。

「わたし、ずっと、パートナー、探していた。強い男、パートナー。人生、ともに戦う、パートナー。モトキ、おまえ、わたしとともに、生きないか？」

真剣なまなざし、青い瞳がじっと俺をとらえて離さない。
ひゃー、という悲鳴が後ろの方で聞こえた。

〈みっしーが抜け駆けされてパニック状態になってるぞ〉

〈ともに生きるって〉

〈突然のプロポーズ！〉

〈アニエスはぐいぐい行くタイプだった〉

〈実際、アニエスより強い男なんてそうそういないからな〉

〈交際ゼロ日婚か。流行りなのか？〉

フロストジャイアントたちを倒したあと、俺たちは北西の方向へ向かって歩いていく。
……さっきとは隊列が違う、俺とアニエスさんが前列に、みっしーと紗哩が後列を歩いている。

「さっきみたいに分断されるのは、よくない」

まあアニエスさんの言うとおりかもしれないな、ちょっとピンチになりかけたもんな。
おっと。
俺は横の壁にぶつかりそうになった。

「どうした？　ちゃんとまっすぐ歩け」

アニエスさんが眉をひそめて俺にそう言う。

「あ、ああ、ごめん……」

また二人で並んで歩く。
また壁にぶつかりそうになる。

「モトキ、なにしてる？」

「なにしてるって言われてもな……」

とそこに、みっしーが後ろから声をかけてきた。

「あのー、アニエスさん、ちょっと基樹さんにくっつきすぎじゃないですか？　どんどん基樹さんにくっついていくもんだから、基樹さんがパーソナルスペースとろうとしてどんどん壁に寄っていっちゃってるんですよ」

そうなのだ。
アニエスさん、なーんか知らんけど、並んで歩いていると俺の方にぴたっと寄り添おうとするのだ。

腕と腕が触れちゃって、なんかこう、恥ずかしいから俺もちょっとよけちゃって、それを繰り返していたから壁にぶつかっちゃうのだ。

「お兄ちゃんって女の人に免疫ないんだから、ビビっちゃってるの！　かわいそうだからやめたげて！」

紗哩がそう言うけど、いや、妹にそんなこと言われる方がかわいそうじゃないか？

「そうなのか？　さっきはわたしを平気な顔でくすぐっていたじゃないか」

いや、あれとこれとはなんかこう、意味合いが違うというか……。
アニエスさんが、なにかに気づいたように oh! と言って俺の顔を見あげた。
目と目が合う。
まつ毛、なげーな。
アニエスさんは綺麗な声で俺にこう尋ねた。

「お前、女、知らないのか？」

ぐわっ！

「そそそそんなことないぞ、ししししししし知ってるし！　知ってるけど、ほら、あの、妹の前ではそんな話をしちゃだめだ、こいつはまだ子供だから……」

「んー？　あたしもう十九歳だよ、成人だよ。ってか、お兄ちゃん、PANZA の 10 円セールのとき動画買いまくってたけどあれは女を知ったとは言わないんだよ、わかる？」

〈草〉

〈やめてやれ……その攻撃は俺にもダメージ入る〉

〈草〉

〈お兄ちゃん、そっかそうなのかー。私がもらってあげたい〉

〈兄の動画サイトの動向までしっかり把握しているシャリちゃんは妹の鑑〉

〈お兄ちゃんの顔が真っ赤でかわいい〉

〈10円セールはまじ神だよな〉

〈お兄ちゃんがかわいすぎて私沼ってるんだけど。いろいろ教えてあげたい〉

〈ねえシャリちゃん、お兄ちゃんは大きいのが好きなの？　小さいのが好きなの？〉

コメント欄を見て、紗哩が反応する。

「ん？　おっぱいの話？　大きいのが七割で小さいの三割くらいかな、お気に入り動画の数の比率で言うと」

それを聞いて、みっしーがほっぺたを赤らめて、

「ふーん？」

と俺を横目で見た。
みっしーは自分の大きい胸をちょっと両手で隠すようにする。
あーもう！
恥ずかしい、死にたい。

「やめ！　この話、やめ！」

ほんとやめようじゃないか。
と、そこにアニエスさんが追撃。

「いいじゃないか、お前、女、知らないんだな？」

「そそそれは俺は探索者として一途に修行してたから！」

我ながら無理やりな言い訳だな……。

「そうか、じゃあ私で知るか？　私も知らないから、ともに修行しよう」

俺の手を握るアニエスさん。
おいおいおい、この人、自分がなにを言っているのかわかっているのか？
なんか冷静に言っているフリをしているけど、真っ白な肌が真っ赤に上気しているし、鼻息荒いし。
なんか変なテンションになっちゃってるんじゃないか？

「待って、そういうのは、なんかやだ。だめ。許しません」

紗哩が俺の腕を掴んでひっぱり、アニエスさんから離す。

「お前も一緒にやりたいのか？」

アニエスさんが紗哩にそう言うと、紗哩は上ずった声をあげた。

「馬鹿っ！　血がつながってますから！　実の兄妹だから！　そりゃ初めてはお兄ちゃんみたいな人ならいいかなーと思うけど、本人はだめなんだよそれはだめなことなんだから考えるだけでもだめ！　馬鹿っ」

「じゃあお前は？」

アニエスさん、今度はみっしーの方へ尋ねる。
みっしーはもう耳まで真っ赤にして、俺の顔をちらちら見ながら答えた。

「わ、私はそういうのはもうちょっと大人になってから……？　考えようかなと……？　よくわかんないし？」

いやいやいや、みっしーは国民的人気配信者だぞ。
なに言い出してるんだ、アニエスさんの発言はセンシティブすぎるぞ。

「アニエスさん、そういう質問は女の子にしちゃだめだ！」

俺はちょっと強くそう言って、みっしーを自分の身体で隠すようにする。

「わわわ、守ってくれた……？」

ちょっと嬉しそうなみっしーの声が背中から聞こえる。

「じゃあ、お前は男だからいいだろう。わたしも大人だから。わたしとパートナー、なろう。やっと見つけた。私の能力を最大限ブーストできる、スキルの持ち主。こどものころ、わたし、ママに言われた。運命を感じたら、すぐに行動しろと。ずっと待ってた。運命を感じる男。お前、お前は……」

じっと俺の顔を見るアニエスさん。
アニエスさんは裸に風呂敷を胸に巻いて下半身はふんどしスタイル。
ゲルマン系だから普段は真っ白な肌をしているんだけど、今はもう、目に見える肌全部がもう真っ赤になってる。

「お前の、かっこよすぎない顔が、わたし、いいと思う。正直言うと、好み」

顔かい！
顔なのかい！
しかもかっこよすぎないってなんだよ！

「え、お兄ちゃんはかっこいいんですけどぉ！？ いやまあそりゃ顔単体で見ると……うん、あたしはいいと思うけど、一般的には……。ふーん、そっかー……」

微妙な言い方をする紗哩。
一般的にはなんだよ、失礼な妹だな。

「ハンサムすぎる、わたし苦手。そうじゃない、お前、よい」

ぽーっとした顔で俺にそう言うアニエスさん。

「ちょっとわかる……」

そう呟いたのはみっしーだ。

え、やっぱり俺の顔ってかっこよくないのか……。
ショック……。
あーくそ、ほっぺたが熱いぜ、こういう話、なんかすっごく恥ずかしいんだけど。
あとそっかー、そんなにかっこよくないのか、俺の顔……。
鏡を見るとき、キメ顔するとけっこうかっこいいと思うときもあるんだけどなー。

〈なにこれ〉

〈っつーか女の子全員おぼこかよ〉

〈まじか、アニエスって24歳だったよな、そうなのか〉

〈あれ、くノ一って閨房の術とか習うんじゃないの〉

〈なんだそれ〉

〈男を身体でたぶらかす、くノ一の忍術〉

〈そもそもアニエスはニンジャであってくノ一じゃないぞ〉

〈んー、お兄ちゃんわりとかっこいいよね？〉

〈俺たちなんでこんな会話聞かされてるの〉

〈大丈夫、お兄ちゃん、角度とライティング次第ではかっこいいから自信を持って！〉

〈もしかしてこいつらあれか、四人全員異性を知らないのか〉

【￥50000】〈初々しくていい。おじさんは応援するぞ〉

いやー俺たち、まじな話、なんつー会話をしてるんだろうか？

「いやか？　だめか？　わたしの胸が小さいからか？」

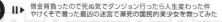

「いや、そういうわけじゃないです」

「いいアイディアがある。お前、わたしの胸にマネーインジェクションしろ。大きくなるかも」

〈草〉

〈草〉

〈さすがに草〉

〈ｗ〉

〈アニエス、それが目的ちゃうんか？ｗｗｗ〉

〈草〉

〈ひらめいた！　だったら俺の股間にも打ってもらえば……〉

〈待って、そういう使用法はありなの？〉

〈ｗｗｗ〉

〈草〉

〈草すぎる〉

〈腹抱えて笑った〉

〈手足は生えてもπは生えてこないだろ……〉

★

「小休止しよう」

俺は言った。
このダンジョン、ちょっと広すぎる。
階層を下っていくごとにどんどん広さを増していて、地下十階は地下九階と比べても段違いに広い。
歩いても歩いてもローラさんがいると思われる地点にたどり着かない。
そもそも、床や壁も自然の岩場みたいになって歩くのも時間がかかるし。
俺たちはちょっと平らになっている場所を見つけると、そこに腰を下ろした。
水筒の水をゴクゴクと飲む。
ふー、うまい。
このダンジョン、水に困らないのだけは助かる。
ま、半ヴァンパイア化している俺には、さっきみたいにピンチを招きかねないファクターではあるけどさ。

「ね、基樹さん、ちょっと魔法のコツとか教えて」

みっしーが俺のそばにやってきてそう言う。

「うーん、そうだな、ちょっと練習してみるか？」

Ｄ級探索者にすぎないみっしーだけど、もうすでにかなりの実戦を経験してきている。
ほとんどが稲妻の杖の効果を連発しているだけだけど、それでも身につくものはたくさんあったはずだ。
ちょっとしたきっかけがあれば、探索者としてのレベルがあがって新しい魔法を使えるようになるかもしれない。
みっしーは攻撃系の魔法を使うタイプだから、魔法戦士であるサムライの俺が教えられることはけっこうありそうだ。
俺は少し離れたところに石を置く。

「攻撃魔法の練習をしよう。あの石に意識を集中するんだ。心の中の奥底にエネルギーみたいなものがあって、それを感じ取る。結局魔法も反復練習がものを言うから、何度もやってみよう」

「うん！　基樹さん、いや、基樹先生、いろいろ教えてね！」

ニコニコしてそう言うみっしー。
うーん、ほんと、かわいい顔しているよなー。
いつでもちゃんと周りに気を遣っているのがわかるしなー。
みっしーはちらっとアニエスさんの方を見てから、

「えーとえーと、……えい！」

と俺の腕に自分の腕を絡めてきた。
そしてぐいっと俺の顔を見あげて言う。

「あのあのあの、いろいろ、いろいろ教えてね！」

いやいや、顔が近い、なにがとは言わんがすごくでっかくてまんまるくて柔らかいなにかの感触を腕に感じる、やばいやばい。
みっしーはまだ子供だからこんな天真爛漫な行動をするんだな、ほんと困った子供だ。
俺がたじたじしていると、俺の動揺を感じ取ったのか、

「えっへっへっへー」

と満足気ににっこりと笑顔を見せるみっしー。
なんかこう、いい匂いがするなー。
うーん、ほんと子供だな、みっしーは。
俺が俺じゃなかったら、こんなことされたら勘違いするところだぞ？
俺が俺でよかったな、みっしー。

「えっへっへっへー、基樹さん、えへへへ」

まったくもう。
いやほんと、柔らかすぎるその感触が脳細胞をとろけさせて頭がふわぁっとなるわ、まったくもう子供はこれだから困る。

〈俺、みっしーファンなんだけど、さすがに最近はしゃあないかーって気分になってる〉

〈わかる、俺もガチ恋勢なんだけどここまで命がけの戦闘を一緒に潜り抜けてきたらまあそういう風になるよなとは思う〉

〈お兄ちゃんたちがいなかったらみっしー、今頃死んでたもんな〉

〈命助けられて、そのあとも何度も一緒に戦ってきたんだもんな。悔しいけどな。仕方がないか〉

〈お兄ちゃんなら許す。ほかは許さん〉

〈お兄ちゃんって男から見てもチャラさとかヤなやつっぽさがないからな〉

〈私はお兄ちゃんを諦めてないから。シャリちゃん、どうかお兄ちゃんを魔の手から守って！〉

〈みっしーを"魔"呼ばわりするやつもいて草〉

〈俺は貧乳派だからアニエス推し〉

〈耳の形はアニエスが一番いいもんね〉

〈俺はもう箱推しだから〉

〈このパーティ、箱扱いなのかよ草〉

なんかコメントが流れているけど、俺はこう、ええと、やーらかいお肉の感触で頭がいっぱいになっててそれどころじゃなかった。
うん、みっしーは子供だけど、子供じゃない部分もあって、ほんと、困るなー。

向こうの方では紗哩が一メートルくらいの長さの棒をぶんぶんと振り回している。
ちなみに先っぽの方にはトゲトゲがついている、かなり恐ろしい武器だ。
さっき、フロストジャイアントを倒したあと、アイテムボックスからいくつかの回復ポーションと一緒に出てきたのだ。

借金背負ったので死ぬ気でダンジョン行ったら人生変わった件
やけくそで潜った最凶の迷宮で瀕死の国民的美少女を救ってみた

俺たちの中にアイテム鑑定のスキルを持っているメンバーはいない。ので、はっきりとした効果はわからないが、なんらかの魔法が込められているのは間違いない、とアニエスさんは言っていた。

ま、実戦で使ってみればわかるだろう。
……みっしーは後衛だから、あんな物騒な武器、使うことにならないのが一番いいんだけど。
さて、さらにもう一つ、アイテムが出てきていた。
マントだ。
水色の布地に星空みたいな模様がついている、マント。

「うーん、わからない。多分、特殊な付与魔法、ついてない。ただのマント」

アニエスさんはそう言っていた。
とはいえ、一流探索者のアニエスさんといえど、職業はニンジャなのでアイテム鑑定はできない。だから、確定ではないんだけど。
しかしまあ、ある程度は経験でわかるんだろうな。
そういう特別じゃないアイテムも、けっこうアイテムボックスから出てくるのだ。
それはそれで売るといい金になったりするから、探索者としては別にがっかりもしない。

さて、みっしーはいまだに俺の腕に大きくて柔らかいなにかを押しつけてきているのだが。
背後で「フン」とアニエスさんが鼻を鳴らすのが聞こえた。
そしてアニエスさんは俺とみっしーを引き離すように後ろから割り込んでくる。
ムッとした表情を見せるみっしーを無視して、アニエスさんはマントを俺に見せて尋ねた。

「これ、わたし、もらっていいか？ 綺麗だ。あと、本当は我慢してた。お尻、恥ずかしい」

アニエスさん、今は真っ裸に風呂敷を胸と腰に巻いているだけ、っつーか下半身は完全にお尻丸出しのふんどしだからな……。

やっぱ、恥ずかしかったのか、SSS級探索者ともなるとこのくらい平気なのかと思ってこっそり見まくっちゃってたぜ……ごめん。すみません。

「ああ、じゃあそれアニエスさんが使ってくれ」

「うむ」

マントを羽織るアニエスさん。
けっこう小さめのマントだな、小柄なアニエスさんでも膝のちょっと上くらいまでの丈しかない。
でもお尻は隠せているな、うん、綺麗な模様のマントだし、アニエスさんの見た目から一気に下品なエロさが消えたな。

とは言っても、マントだからスカートと違って、歩くと空気をまともに受けてぶわっと舞う。
その拍子に、アニエスさんの綺麗なお尻がちらっと見えちゃうのだった。
……下品さはなくなったが、チラリズム的なエロさは逆にアップしたような……？

「あと、アニエスさん、ひとつお願いが……」

「なんだ？」

「その胸の風呂敷、もうちょっとこう、ええと、なんというか巻きなおしてほしいというか……」

「なぜだ」

正直に言うと、アニエスさんの胸はぺったんこなので、別に巻き方がどうこうというわけではない。
なにかの拍子に見せてはいけないものがまろび出る、なんてことはありえない。
だが。
その風呂敷のデザインが問題だった。

「あの、目が合うんです」

「誰と？」

「その、顎のとがったイケメンと……」

俺の隣にいるみっしーも、

「わかる」

と同調する。

「……このキャラクター、かっこいいのに……」

アニエスさんも紗哩と同じ趣味してたわ……。

「そう思うよね⁉」

嬉しそうに言う紗哩にアニエスさんが尋ねる。

「うむ。このキャラクター、ゲームか？　アニメか？」

「ゲームだよ！　アニメ化もしてるよ！　ダンジョン脱出したら、ゆっくり二人で見よう！　超かっこいいんだから！」

……そうかなあ。
その顎、かなり鋭角だもんなー。

★

それからしばらくみっしーの魔法の練習に付き合ってやった。

「わー！　出た出た！」

みっしーの手の平からこぶし大の氷の粒が出現して、数メートル先に置いた

石に当たる。

「すごいな、みっしーはそれなりに魔法の才能があるのかもな」

正直、なかなかスジがいいと思う。

「えっへっへっへー！」

嬉しそうに笑うみっしー。
うむ、これだけの力があれば、マネーインジェクションの底上げでなかなかの攻撃リソースになるかもしれない。
さて、小休止も終わりだな、先へ進もう。

アニエスさんが代表を務める団体、SSTLからの連絡によると、この一キロほど先にローラさんの生命反応があるらしい。
一応脈は正常、血圧はかなり低めだけど検知できているとのことだ。
おそらく、どこか安全そうなところに避難しているんじゃないか。
瀕死の重傷と聞いていたけど、無事ではいるらしい。

その情報があったから俺たちはそんなに焦らずに進んでいたのだ。
ま、ローラさんが持っていた端末は故障したみたいで、本人とは連絡がついているわけではないから、今どんな状況かについてまではわからないのだが。
ん、前方にモンスターがいるな……。
見たことあるやつだ、そうだ、S級のカスモフレイムだな。
地下八階で出会った、火を噴くトリケラトプス型のモンスターだ。
十万円のマネーインジェクションでなんなく倒した相手だな。
しかし、さすが地下十階。
そのS級のモンスターが、ええと、一、二、三……八頭。
さらにこっちにも、四頭。
合計十二頭か。
さすがに数が多いな。
まずは防御のために後衛の女の子たちに五十万円ずつマネーインジェクションする。
さっそく紗哩が防壁の魔法を唱えた。

借金背負ったので死ぬ気でダンジョン行ったら人生変わった件
やけくそで潜った最凶の迷宮で瀕死の国民的美少女を救ってみた

「アニエスさんにもマネーインジェクションするぞ」

「うむ」

十万円で俺があれだけあっさり倒せたし、アニエスさんほどの実力があれば五十万円もマネーインジェクションすればあっという間にあのくらいの群れは打ち倒してくれるだろう。
もちろん、俺も自分でやれるだけやるぞ。
さて、俺は手の中の注射器をアニエスさんの肩に打ち込もうとして──。
それをひらりとかわすアニエスさん。

「……あの、遊んでる場合では……」

「モトキ、言っておくが、遊び、ちがう。わたし、注射、ほんとに嫌い。本能で自動的によけてしまう」

子供か！
世界最高峰の探索者がなんで注射一本でそんなに怖がるんだよ！
っていうか、アニエスさんほどの人が本気でよけたら、注射を打つだけでものすごく苦労するんだけど……。
さっきもフェイントでやっと打てたしな。

「わたし、無意識に避けてしまう。だから、モトキ、お前、私を壁に押さえつけろ」

「え……？」

「早く！ Shirleyとみっしーも！ カスモフレイム、すぐこっちへ来るぞ。急げ！」

言われたとおり、紗哩とみっしーがアニエスさんの両腕を持って壁に押さえつける。

「ええと、じゃあ、注射器、打ちますよ」

「う、う、う、うむ……」

頷くアニエスさんの青い瞳は注射針をガン見している。
ちょっと充血して赤くなっちゃってるぞ。
あと身体中がガクガク震えてる。
なんでそんなに注射器が怖いんだよ!
っていうか、身長142センチの小柄な金髪の女の子が両腕押さえつけられてるところに無理やり注射器を打つっていうのはさー。
なんと言うか。
うん、なんと言うか、あれだよね。

「は、は、は、早く打て、じらすな、怖い、早く終わらせろ」

「あ、はい」

ブスっと針を二の腕のあたりに刺す。

「アウチ‼ ……うう……」

目の端に涙を浮かべているアニエスさんはその淡い色の唇をかすかに動かして言った。

「無理やり押さえつけられて、針を打たれる。これ、なんか、いいな……」

ん⁉
どういうこと⁉

「なに言っちゃってるの!」

と紗哩が言い、

「わかんなくもないかな……」

とみっしーが言う。
俺にはわからん。

さっぱりわからん。

さて、カスモフレイムは俺が四頭倒すあいだにアニエスさんは八頭倒していた。
やべーな、強すぎるわ、アニエスさん。
アニエスさんが言ってたとおり、俺のスキルとアニエスさんの実力の相性は抜群だ。
このまま俺たち、あっさりダイヤモンドドラゴンを倒してこのダンジョンを抜け出せそうだな。
だって俺のスキルとアニエスさんの力があったら俺たち無敵じゃん。
みっしーとアニエスさんを擁するこのパーティ、サポチャは定期的に入り続けているし、この先どんな敵が現れても簡単にやっつけることができそうだ。
このまま一本道でクリアだな。
そう思っていたのだった。

──三十分後には、俺たちパーティは壊滅寸前まで追い込まれ、想像もできないほど最悪の状況に置かれることになるのだが。

おまけ　その1

「おりゃりゃりゃりゃー！」

今日も紗哩のやつ、気合入っているなあ。
俺は卵がけ納豆ご飯を口に運びながらその光景を見ていた。
いつもと変わらない朝。
別になんということもない日常の一コマだ。
紗哩は小鉢の中の納豆をかき混ぜている。
まだ朝なので紗哩は髪の毛をおろしている。っていうか寝癖がそのままだ。

「百回！　百回かき混ぜるとねー、納豆はおいしくなるんだよ！　お兄ちゃんなんかちゃちゃっとかき混ぜるだけなんだから、納豆の美味しさの半分も引き出してない！」

まあそう言われてもな。
俺は納豆に生卵をぶちこんで飲むようにして食うのが好きなんだ。その場合あまり糸を粘らせない方がうまいと思う。
かき混ぜ終わったあとに砂糖をスプーンひとさじ投入する紗哩。

「甘き砂糖の精よ！　わが魂の力を使い、糸の粘度を高からしめよ！　ネバネバ向上魔法！　砂糖（しゅがー）！」

アホなことを叫びながらさらにかき混ぜる紗哩。もちろんそんな魔法はないし、そもそも魔法はダンジョン内でしか使えないのだ。

「お前、十九歳だよな……。もう成人なんだから、そういうの、外ではやめろよ……？　俺が恥ずかしいんだからな」

「こうすると納豆にバフ魔法がかかってネバネバの量が増す！　しかも甘じょっぱくなって美味しくなる！」

無視かよ！
確かに納豆に砂糖を入れると美味しいけどなー。
そこにからしを多めに入れてもいいし、入れなくてもうまい。

「はむ、むぐむぐ、おいしー！　あ、もうちょっと醤油がほしいな」

借金背負ったので死ぬ気でダンジョン行ったら人生変わった件
やけくそで潜った最凶の迷宮で瀕死の国民的美少女を救ってみた

そう言ってご飯の上の納豆に醤油をかけ回す紗哩。

「ご飯食べさせスキルアーップ！　このバフ魔法で納豆一パックでご飯二膳食べることができるんだよー！」

「今はまだ若いからいいけど、将来高血圧になるぞ……。で、紗哩、今日は完全オフの予定だからな」

「うん！　で、どこに遊びに行くー？」

「いや、一日ゆっくり寝て過ごしたいぞ」

「えー⁉　つまんないよ、そんなの！」

「でも休んでおかないと回復しないしなあ」

そうなのだ。
俺たちはダンジョンの探索者として生計をたてている。
ので、ダンジョンに潜る毎日なんだけどさ。
そうは言っても連日ダンジョンに潜っていると体力も魔力も精神力も使い果たしてしまう。
定期的に休日を取って心と身体を休めさせるのは重要なのだ。

「でもほらー。こんなボロアパートに引きこもっていてもさー。体力はともかく、精神力が削られちゃうよ……」

まあ確かにそれはあるかもな。
俺たちが住んでいるのは新潟市西区にあるボロアパートの 203 号室。
２Kで家賃は三万五千円、共益費駐車場込みで四万円。
なんと風呂トイレ別だ。
洗面台はなし。
だから歯磨きと洗面は狭い台所のシンクで行う。
六畳と四畳半の部屋があって、六畳の方を俺が、四畳半の方を紗哩が使っている。

とはいえ、別にそんなに厳密には使い分けてなくてお互いの部屋は出入り自由だ。
メシを食うときは六畳の部屋でちっちゃなローテーブルを囲んで二人で食ってる。

「今日は天気がいいからさ、お兄ちゃん、どっかドライブに行こうよ！ あたし、動物さんを見て心癒されたい！」

「動物？ ビッグシュワンのとこのアルパカでも見に行くか？ ヤギとかもいるらしいぞ」

「うーん、もっとこう、迫力のある動物がいいなー。トラとかライオンとか……。せっかくこんなに天気がいいしさ」

「天気がいいってかお前……」

今は八月の真夏だ。
天気がいいをとおり越して朝から暑い！
正直、死ぬほど暑い！

「どっちかというとここまで暑いとあれだ、天気が悪いと言ってもいいと思うぞ……」

最近の夏の暑さは異常だ。
今後、夏の猛暑日は悪天候と呼ぶべきだと思う。
エアコンはあるんだけど、古い型のエアコンだから電気代がバカにならない。
だから、温度設定はかなり控えめにしてある。
29℃とかな。

「ねーねーおにーちゃーん！ お願い！ どっか連れて行ってよー！ あ、そうだ、いいところある！ 入場料百円で動物さんが見放題！」

「百円でそんなとこあるかー？ 動物園にしちゃ安すぎだろ」

「違う違う、動物園じゃないよ、お兄ちゃん……」

察しのいい人ならお気づきだろうが。
んでもって俺も察したけど。
まあいいか、あそこはほんとに入るだけなら百円だしな……。
そんなわけで俺は中古で買った十三年落ちの軽自動車、デーハツモラアース
に乗って、そこへ行くことにしたのだった。

★

「差せー！　差せー！」

「そのまま！　そのまま！」

「ヨシオミてめー！」

おじさんたちが叫んでいる。
とは言っても、いるのはおじさんだけではなく、家族連れや若いカップルも
けっこういる。
すぐそこではポニーに乗った子供がはじけるような笑顔で親に手を振って
いる。

「えへへへー！　あたしたちもカップルに見えるかな？　っていうかそれ以
外には絶対見えないよね！」

そう言いながら、俺の腕にくっつくようにして自分の腕を絡めてくる紗哩。

「おい、暑いんだからあんまりくっつくなよ」

「いいじゃんいいじゃん！　えへへー！」

まあ紗哩みたいな美人を連れているってのは、悪い気はしないけど。
そうは言っても、妹だからなー。
いつの日か、ほんとに本物の彼女をつくって二人でデートしたい……。
したいけど、俺なんかにそんな日は来ないだろーなー。
さて、もうおわかりだろうが。

ここは新潟市北区にある笹山競馬場である。
まだ二十歳になっていない紗哩は馬券を買えないけど、子供連れもたくさんいることからわかるとおり、入場は誰でもできる。

「うわー！ パドックってすごいねー！ お馬さんっておっきー！ すごい、かっこいい！ うわすごい、あのお馬さん、汗が泡立っている……」

人混みの中、俺たちはパドックに来ていた。
そこではレース前の馬が並んで輪を作り、ぐるぐると円を描いて歩いている。
これを見て馬の調子を判断して馬券を予想する参考にするのだ。
ところが、一頭、どうも様子のおかしい馬がいた。

「あれ、こっちのお馬さん……。え⁉ うそ⁉ でっかい！ でっかい！ でっかーい！ お兄ちゃん見て！ あれ見て！ すっごいでっかい！ お兄ちゃんあれなに⁉」

紗哩が指さしででっかいでっかい言っているのは馬そのものじゃなく、馬の股についているアレだ。
一頭、あそこをでっかくしている馬がいるのだ。
専門用語で馬っ気というらしい。
別に競馬ではそんなに珍しくもない光景ではあるみたいだけどさ。
それを指さして俺の妹がでっかいでっかいと小学生みたいに叫んでいるのだ。
お前はもう十九歳なんだぞ、デリカシーってものを身につけてくれよ。

「あれなにってお前もわかるだろバカッ‼」

「あれなにあれなに、ねえお兄ちゃん、あれなにぃ？ デカァァァァァいッッ！」

「説明不要ッ！ 恥ずかしいからそんな大声出すなよ……」

隣のカップルが俺たちを見て爆笑している。
まじで恥ずかしいな。
やめてくれよ……。

ほかの周りの人たちも笑って俺たちに視線を向けている。
これを恥と呼ばずになんと呼ぼうか？
正直、俺もちょっと感心して見入ってしまった。
うん、しかし、こういうのもいいな、と俺は思った。
さんさんと照りつける太陽の元、たくさんの人、笑顔（一部鬼の形相のおっさんもいるけど）、馬のいななき、蹄鉄が地面を叩く音。
うんうん、確かに紗哩の言ってたとおり、あの狭い部屋に引きこもっていては感じられない開放感だな。

「で、お兄ちゃん、どの馬買う？　十九歳のあたしは買えないから、お兄ちゃんが買ってよ」

「馬券買いに来たんじゃないぞ……。あくまで俺たちは馬を見に来ただけだろ？」

「えー。せっかく来たんだから、ちょっとだけ……」

「だめだぞ。見るだけ見るだけ」

「あ！　あのでっかかったお馬さん、11番だって！　あたし、11月生まれだからあれ買って！　ね！　百円だけ‼」

「もーしょーがねーなー。百円だけ買ってみるか」

俺は馬券なるものを買ったことがなかったので、完全な好奇心で買うことにしたのだった。

へー、競馬って周回コースだけじゃないんだ、とあたしは思った。
お兄ちゃんの腕を握りしめながら、あたしは食い入るようにそのレースを見ていた。
直線一〇〇〇メートルの激闘だった。
日本で直線のコースがあるのは笹山競馬場だけらしい。
あたしはぴょんぴょん飛び跳ねながら、そのレースを見た。

あたしが腕を掴んでいるもんだから、そのたびごとにお兄ちゃんの身体も揺れてる。
あたしが、じゃないお兄ちゃんが買った11番の馬にはピンク色の帽子のジョッキーが乗っている。
12頭立ての9番人気、オッズ五十倍。
全然だめだと思った。
残り三百メートルの時点でまだまだ後ろにいた。
ところが、そこから急加速してほかの馬をぜーんぶ追い越していって──。
一着でゴール。
その瞬間、あたしの脳みその中でなにかがバチバチとはじけた。
すごく、気持ちよかった。
ええと、これで、百円が五千円になったの？
すごいすごいすごい！
お兄ちゃんの顔を見る。
どの馬がどの馬だったのかわかってなかったみたいで、普通にぽかーんとした表情でコースを眺めている。
えー。
今の、脳みそがプルプルする感覚、お兄ちゃんにはわかんなかったのかー。
そうか、もったいない。
でも。
でも、今の瞬間、すっごい快感があった。
働いたりダンジョン探索したりしていないのにお金が増えるって、すごい感覚だなー。
あたしは勝利の歓びに恍惚として、11番が一番上に表示されている掲示板をうっとりと眺めていた。

★

「う……！」

紗哩がうめき声をあげた。

「う…………！」

俺たちの目の前にはほかほかと湯気を立てている丼が二つ。

「う…………………！」

「なんだよ、どうしたんだ？」

「うなぎだぁぁぁぁぁ！！！」

俺たちは競馬場近くの牛丼屋に来ていた。
そこでテーブルを挟んで二人、うな丼特盛を前にしているのだ。
ご飯大盛りにうなぎが二枚乗っている。
豪華すぎるだろ。
値段は聞いて驚くな、一杯千六百円である。
やばい。
エグい。
こんなものを人生で食える日が来るとは。
贅沢だ、贅沢すぎる。
あの 11 番の馬にはほんと感謝だな。

「夢みたーい！　やったー！」

ニコニコ笑顔の紗哩。
その表情を見ていると、俺も心の底から嬉しくなってしまう。

「おっと、カメラカメラ！　撮っておこうよ！」

スマホを取り出す紗哩。
液晶が割れて画面バキバキのやつだ。
紗哩が高校生のころから使っているやつだからなー。
新しいのを買ってやりたいが、yPhone は高いしなー。このあいだ配信用に
新しいタブレットも買ったしな。まだサポチャなんてほとんどもらえてなく
て元をとれてないけど。

「おいおい、俺の顔は写すなよ」

恥ずかしいじゃないか。

「えー。お兄ちゃんかっこいいからいいじゃん！」

「そう言ってくれるのはお前だけだぞ……。よし、食うか！」

「うん！　いただきまーす！」

箸を持ち、二人で同時にうなぎを一切れ持ちあげ──。
二人同時にその一切れを相手の丼の上に乗せた。

「……あっ！　同じこと考えてた！　あはははは！　お兄ちゃん、ありがとー！　あはははは！」

なんだ、紗哩も俺にうなぎをいっぱい食わせてあげたいと思っていたのか。
俺も笑いを抑えられなくて、ついつい笑ってしまった。

「あ、お兄ちゃん笑ってる─！　大人になってからあまり笑わなくなってるんだもん、もっと笑ったほうがいいよー！」

「そうだな……」

俺は紗哩とふたり、うな丼を味わって食った。
幸せな時間ってこういうのだよな、と思いながら。

★

このあいだのうな丼はおいしかったなー。
あたしはスマホの画面を見ながらあの味を思い出していた。
珍しくお兄ちゃんも笑顔だった。
お兄ちゃんはすごいスキルを持っているのに、いまいちハネない。
それもこれも、マネーインジェクションを使うためのお金が足りないのが悪い。
もっとこう、一回何十万円も使えれば、SSS級は無理でもSS級ダンジョンくらいなら攻略できそうなんだけどなー。
でもそのためには預金が必要。

あたしたちの通帳にはそんな預金なんてない。
いや、一応コツコツ貯めた三百万円くらいの貯金はあるらしいけど、それはあたしがお嫁さんに行くときのお金だって言って絶対に手をつけないしさ。
そんなのいいからマネーインジェクションに使っちゃえばいいのに。
お兄ちゃんのそういう性格もいまいちハネない理由の一つだよね。
それ以外で普段使えるお金って言ったらせいぜい二十万円から三十万円くらい？
装備を整えたり、家賃を払ったり日々の生活費に回したりってことを考えると、マネーインジェクションに回せるお金なんてたかがしれてる。

「うーん、これも貧困の再生産っていうのかなー。お金が……お金があれば、絶対お兄ちゃんはみんなのスターになれるのに……。んでもって素敵なお嫁さんと結婚してもらってあたしも養ってもらうんだ……」

悔しいなあ。
お兄ちゃんが自由にマネーインジェクションに使えるお金がほしい。
夢みたいな話だけどもし一千万円くらいあれば、SS級ダンジョンなら攻略できて、貴重なアイテムもゲットできて、配信も伸びて、きっときっとうまく回るはずなのに。
今みたいにA級ダンジョンをちまちま攻略していてもお金は貯まらないし、お金が貯まらなきゃお兄ちゃんも力を発揮できなくてA級ダンジョンくらいにしか潜れないし……。

「悪循環だー‼」

なーんか、こう、いい方法ないのかな……。
と、そこでなんとはなしにクリックした掲示板のまとめサイト。
そこの書き込みがあたしの目に止まったのだった。

35 **大儲け名無しさん** 202X/08/02(水)1:00:23.45
　一日で100万儲かった
　一ケ月のトータルで2000万円のプラス

39 名無し配信者さん　202X/08/02(水)1:31:12.78
これから絶対ユーロ高くなるからな。こんなの FX やらないなんて落ちてるお
金を拾わないようなもんだよ

42 名無し配信者さん　202X/08/02(水)2:01:47.90
俺も含み益 1200 万円。楽勝だな

45 名無し配信者さん　202X/08/02(水)2:35:29.11
最近の相場は簡単だよなー

48 名無し配信者さん　202X/08/02(水)3:05:13.43
俺外国の FX 会社で口座開いたわ。国内だと 25 倍までしかレバレッジ効かせ
られないからな

52 名無し配信者さん　202X/08/02(水)3:36:58.67
どこの国の FX 会社がおすすめなんだ？

56 名無し配信者さん　202X/08/02(水)4:10:27.54
大西洋のイリューナ共和国っていう島国の会社がいいぞ。あそこは金融で儲
けようとしているから

60 名無し配信者さん　202X/08/02(水)4:45:45.89
イリューナか。あそこ規制ガバガバだし、ほとんど無制限にレバレッジ効か
せられるからな

64 名無し配信者さん　202X/08/02(水)5:15:32.12
無制限？　実際どのくらいのレバレッジなの？

67 名無し配信者さん　202X/08/02(水)5:45:56.73
＞ 64　誰でもどんな属性の人でも 5000 倍までいけるぞ

71 名無し配信者さん　202X/08/02(水)6:15:23.14
誰でも !?　ってことは 10 万円あれば 5 億円分の通貨買えるってこと？

75　名無し配信者さん　202X/08/02(水)6:45:47.88
＞71　そう。で、相場が1％変動して儲かれば500万円儲かるってわけ

78　名無し配信者さん　202X/08/02(水)7:20:15.67
やばい、俺さっそくやるわ

84　名無し配信者さん　202X/08/02(水)7:51:23.45
やるなら今がいいぞ、今の相場は簡単だから。リスクはあるけど今のうち儲けて勝ち抜けすればいい

85　名無し配信者さん　202X/08/02(水)8:20:39.12
勝ち抜けおすすめ

89　名無し配信者さん　202X/08/02(水)8:50:12.98
まじで初心者は今の相場でやったほうがいい

92　名無し配信者さん　202X/08/02(水)9:20:47.33
ユーロ高の傾向は絶対に変わらないからな

95　名無し配信者さん　202X/08/02(水)9:52:01.54
木津首相も今の円安を歓迎しているみたいなこといってたぞ、さらに円安は進むぞ

99　名無し配信者さん　202X/08/02(水)10:21:29.77
今日経団連会長と白上財相が円安誘導で合意したってよ

102　名無し配信者さん　202X/08/02(水)10:52:45.21
アメリカのフレア国務大臣と月野外務大臣の会談でも政策合意が確認された

106　名無し配信者さん　202X/08/02(水)11:22:13.64
ヨーロッパの首脳陣は皆ユーロ高を歓迎してる

110　名無し配信者さん　202X/08/02(水)11:54:09.12
100％なにがあっても勝てるじゃんこんなのｗｗ

114　名無し配信者さん　202X/08/02(水)12:23:39.87
　　やるなら今だな

118　名無し配信者さん　202X/08/02(水)12:56:47.29
　　絶対に儲かる無敵期間じゃん

121　名無し配信者さん　202X/08/02(水)13:28:58.54
　　今なら絶対に儲かる！　今だけ一回やって儲けてあとは勝ち逃げすればいい！　人生変わるぞ！

125　名無し配信者さん　202X/08/02(水)14:01:15.12
　　人生勝ち組だーー！

まとめサイトってやつは、閲覧数を稼ぐために管理人が都合のいいレスを抽出している。
レス番が飛んでいるのはそれが原因だ。
でも、このときのあたしはそんなこと、気にもしていなかった。
的はずれなレスばかりが抽出されてるなんてこと、思いもしなかったのだ。
気がついたらあたしは、スマホをポチポチして、よくわかってもいないのにイリューナ共和国のFX会社に口座を開いていたのだった。
これで人生が変わると信じて。
……実際に、大きく大きく変わることになったのだった。

ピロリロリーン

【緊急速報】
ヨーロッパの最大手銀行、ブラウアーネーベル銀行が経営破綻。
全世界で歴史的ユーロ安を記録。

おまけ　その2

「へへへーこんちはー。うさちゃん社長、お昼をゴチになりにきやしたぜ」

ドアを開けて入ってきた女性の姿を見て、POLOLIVE 社長の宇佐田祥子はため息をついた。
祥子はきっちりとまとめた黒髪、着ているのはお堅いスーツ。
実年齢は三十歳だが、所属タレントたちには若く見える、とよく言われる。
まあそんなのを信じ込んじゃうほど人間性がまっすぐじゃないが。

最近は連日、所属タレントに他事務所の Yootuber とコラボ動画を撮らせている。
その Yootuber、『牛丸くん』が今日もやってきたのだ。『牛丸』ではなく『牛丸くん』というタレント名で Yootuber をやっている女性だ。
ここは POLOLIVE の事務所兼スタジオ、その社長室。
まあそうは言ってもただの事務室である。
来客用のソファくらいはあるけれど。

牛丸くんはドピンク色の長い髪、さらには蛍光ピンクと蛍光オレンジがいりまじった派手な衣装を着ている。
年齢は二十二歳、公称十二歳（もちろん誰も信じてない）。

「あんたねえ……スタジオ入りは十四時からじゃないの？」

祥子があきれた顔で言うと、牛丸くんは屈託のない笑顔で答える。

「へへへ、ここに来るといつも昼メシをうさちゃん社長がおごってくれるからさ」

「昼食の時間には早いよ。それに、あんた、それなりに稼いでるでしょぉ？
あんたんとこもご飯代渋るほど給料ケチってないはずよ」

「知ってるっしょ、私去年追徴課税くらって大変な目に！　お金いっぱい盗られたんだから！」

「納税は国民の義務！　それにあんたよりあんたんとこの社長のが大変だったわよ、火消しで！　あの程度の炎上で済んだのはラッキーだったのよ。よ

かったら今度凄腕の税理士を紹介したげるわよ」

牛丸くんは天性の歌声を持つ歌姫として今までに何度も百万再生を叩き出したことのある歌ってみた系 Yootuber なのである。
最近はオリジナル曲も出していて、このあいだなんか劇場版アニメの OP に抜擢されたほどだ。

あの追徴課税騒動がもっと大きな炎上になっていたらこんな仕事どころじゃなかっただろう。
最近は POLOLIVE のタレントとのコラボ動画を撮りに毎日この事務所兼スタジオに来ている。
みっしーとも何度もコラボしていて、仲良しみたいだった。

「みっしーほどじゃないからさ。みっしーはすごいよな、あんだけ稼いじゃってさ」

「まあね、私の会社の稼ぎ頭だからね」

祥子はコーヒーを口に運びつつそう言った。

「うさちゃん社長も演者やればいいじゃん。みっしーくらい稼げるかもよ？」

「ムリムリ。知ってるでしょ、私はもともとミコミコ動画で"生主"やってたけど同時接続が最高で千人いったこともないんだよ。ああいう天性の配信者には絶対に勝てない。——今はプロデュース業やってたほうが楽しくてしょうがないわよ」

なにしろみっしーは登録者五百万人。ライブ配信をやればいつだって数十万人を超える同時接続を叩き出す、まさにドル箱だった。

「まあいいや、今ちょうどみっしーが配信やってるぜ。見ながらご飯食べよう、ウーパー頼んでいいでしょ？　おごりで」

他事務所のタレントなのに馴れ馴れしいな、と祥子は思いながらも、

「……まあいいけどね。撮影に差し障るほど食べるんじゃないわよ」

と了承してやる。
牛丸くんはテレビのリモコンを手に取るとポチポチと操作し始めた。このテレビはYootubeも見られるのだ。
大きな画面にみっしーの輝くような笑顔が映し出される。

「はい、今日は新潟市の亀貝ダンジョンに来ています」

「ふーん、今度はダンジョン配信させんの？　このジャンル、そんなにハネてるチャンネルないっぽいけど」

動画を見て、牛丸くんは祥子にそう尋ねる。

「いや、私許可してないわよ。これ、みっしーが勝手にダンジョン探索の真似事してるのね……。稲妻の杖手に入れたからってはしゃいでるんだわ、帰ってきたらお説教ね」

「うさちゃん社長ってさ、みっしーに説教なんてできるの？　うさちゃん社長の会社がこんなに大きくなったのだってみっしーのおかげじゃん。っていうか社長の第一号タレントなんでしょ？」

「まあね。中学三年生だったみっしーをね、スカウトしたの。そのとき個人勢だったみっしーなんてね、登録者数二千人しかいなかったんだから。これだけのかわいい顔した現役女子中学生のチャンネルにしてはいまいちでしょ？　あれから三年とちょっと、今は登録者五百万人。私の手腕よ。みっしーも私には頭があがらないんだから」

「ほんとかなー。みっしー、うさちゃん社長のこと、うさちゃん社長って呼ぶし……」

「あんたもね！　ちゃんと宇佐田社長様と呼びなさい」

「っていうかみっしー、たまにうさちゃんって呼んでるし……」

「信頼の表れよ。私の手腕と人間性をみっしーは信用しているの。ほら見なさい、ダンジョン配信やるならやるで私に言ってくれればもっとこう、いい演出をするわ。あーほら、アイテムボックス開けるときは顔と手元を映さなきゃ。背中しか映ってないじゃない。カメラマンの美由紀ちゃんもなにをやって……」

その瞬間だった。
プワンプワンプワンプワン！
という不愉快な音とともに、みっしーの姿が画面から消えた。
マネージャーとカメラマンの悲鳴、揺れる画像。
祥子と牛丸くんは目を見開き、全身を強張らせてその画面を見つめることしかできなかった。

「……そうですか、SSS級のダンジョン探索はできない、と……」

『申し訳ございません。SS級までなら請け負うが、SSS級の地下八階となると不可能だというんです。どこのパーティも尻込みして……』

「お金はいくらでも払うわよ！　パーティメンバー一人につき五千万円、これでもだめなの!?」

『はい、命には替えられないと……。言いにくいですが、SSS級の亀貝ダンジョン地下八階となるともう階段では戻れないので最深層のダイヤモンドドラゴンを討伐する必要があります。国内のパーティではとてもとても……おそらくいくらお金を積んでも能力的に無理かと……』

祥子はエージェントとの電話を切る。
頭がクラクラッとして立っていられなくなり、事務所のソファに倒れ込んだ。
だめだ、すぐに動ける日本国内のパーティでみっしーの救出を引き受けてく

れるところはどこにもない。

スマートウォッチによればみっしーはまだ生きている。
位置情報も脈拍も血圧も送ってきている。
配信中だったのでスマートウォッチの機能はほとんどオフにしていて、ほかの情報はわからない。
yPhoneかスマートウォッチを操作できれば連絡がとれるかもしれないが、みっしーは今、それらを操作できない状況にでもいるのだろうか？
意識を失っているとか、手が動かないとか……。

みっしー。
今、どうしてる？
無事でいてくれてる？
ごめん。
私、あなたを助けられない……。
今頃どんなに怖い思いをしているだろうか。
自然と嗚咽が喉の奥から湧き出てきた。
泣くな、泣くな祥子……。
お前が泣いてどうする、みっしーを助けられるのはお前しかいないんだぞ！
なにか、なにか手を打てないか？

海外のエージェントにも電話した。
みな、断られた。
やはり海外からだと日本は地理的に遠く到着までに時間がかかること、SSS級ダンジョンの探索はそもそも困難なこと、時間的にもおそらく本人のところにたどり着く頃までみっしーが生存できている可能性がほぼゼロなこと。
いろいろな理由でいくらお金を積んでも全部断られた。

やだ。
やだやだやだ。
みっしーを失うなんて、考えられない。
あの子だって、これからもっと輝かしい未来があったはずなのに。
ご両親になんて言えばいいかもわからない。
どうにか、どうにかならない……？

奇跡。
奇跡が起きてほしい。
死んじゃう。
私のみっしーが死んじゃうよ……。
泣いてなんかいられないのに、次から次へと涙が溢れては頬を濡らす。
考えろ、考え抜けばなにかいい方法があるはずだ……。

そのとき、祥子の yPhone が鳴った。
社員からだった。

『社長！　今から送る URL の配信見てください！　亀貝ダンジョンの地下八
階に潜ってるパーティがいます！！！！』

祥子は飛び起きて、PC の電源を立ちあげた。
その画面に写っているのは、冴えない顔をした男と、随分と綺麗な顔をして
いるサイドポニーテールの女性の二人であった。
たった二人のパーティで SSS 級ダンジョンの地下八階？
見たことも聞いたこともないパーティだ。
SSS 級ダンジョンを攻略できるようには見えない。
自殺行為ではないか。
このパーティも生還なんて不可能じゃないの？
いや、配信タイトルが『心中配信』か。
本当に自殺なのか。

でも。
でも。
でもでもでも！
祥子は祈るような気持ちで上限である五万円のサポートチャットを送った。

『こちら POLOLIVE 公式アカウントです。お願いがございます。貴パーティ
のいらっしゃる亀貝ダンジョン地下八階で当社の所属タレントが遭難してお
ります。救出をお願いできないでしょうか？　成功報酬は最低でも三億円を
ご用意いたします。場所の位置情報を送ります……』

★

ここはサンフランシスコのホテルの一室。
豪華なスイート・ルーム、キングサイズのバカでかいベッド。
薄手のネグリジェを着、大きなイルカのぬいぐるみを抱いた少女が、ぽやーっとした表情でベッドの上に座っている。
ベッドの大きさに比して随分と小柄な少女だ。
いや、実は少女というほどの年齢ではない。
今年で二十四歳、世界でもっとも有名な探索者の一人なのだ。
ダンジョン内では常に気を張っている彼女も、オフの日はこんなものであった。
アニエス・ジョシュア・バーナード。
それが彼女の名前だった。
金髪に青いインナーカラー、まつげは長く、消え去りそうなほど儚さを感じさせる白い肌。
なにも知らない人がみたら、アニエスのことを世界最良にして最強のニンジャだなんて、絶対に思わないだろう。

「準備できたー？」

そんなアニエスに、一人の女性が話しかけてくる。
彼女は褐色の綺麗な肌をしていた。
すらっとした体型、アスリートのようなしなやかな筋肉のラインが美しい若い女性だった。
いろいろな人種の血が混じり合って個性的な魅力を感じさせる美人である。
彼女が眉をひそめてアニエスに言った。

「アニエス、まだそんな格好してんの？ 今日、これから飛行機に乗ってフロリダまで行ってフォートローダーデールダンジョンに潜る予定だったでしょ？ 準備していないの？」

「…………そうだった？」

ネグリジェ姿のアニエスはぬいぐるみを抱いたまま答えた。

「私もエリザベスもジェームズもライアンもジョセフもみんな準備万端だよ！　あんた待ち！　なにさ、ぐーすか寝ちゃって！　シャワー浴びてきなよ、そしたらみんなでフロリダに飛ぶよ！」

「もー、ローラはせっかち。わかったわかった。そっか、再来週だと思ってた」

「緊張感ないなー、もう！　再来週なのは別の予定でしょ？　もー。ほら、早くシャワー！　あ、電話だ、エージェントからじゃん。Hello？」

ローラが電話に出ているあいだ、アニエスはバスルームに入ろうとして。そして呼び止められた。

「アニエス、こないだあんたが勝手に断った日本人からの依頼なんだけど。報酬五百万ドル以上払うってさ。これから行く予定だった空港からそのまま日本行きに乗ってくれないかだって。ファーストクラスのチケット付き」

「日本は遠い……めんどくさい……」

「フロリダも十分遠いし。それに世界中のSSS級ダンジョンを攻略するのがアニエスちゃんの目標でしょ？　ついでにお金ももらっちゃおうよ」

「準備が足りない……装備とかメンバーとか……」

「だ・か・ら！　みんな足りてるの！　装備もメンバーも！　もともと今日からの予定なんだから！　足りてないのはアニエスちゃんの脳みそだけだよー？　あんたはニンジャなんだから大して装備なんていらないでしょ？」

「うーん……」

「せっかくの機会だし私が久々に日本に行きたいの！　わかるでしょ？」

「うーーーん…………」

「あとほらこれ見て」

ローラが差し出したスマホの画面にはどこかの従業員が抱えているでっかいぬいぐるみが写っていた。
日本の伝統的な衣装だろうか、かわいい赤と白の衣服を来た猫の巨大ぬいぐるみだ。

「ヤヒコニャンっていうらしいよ、ここでしか買えない限定品だって」

「Uh-huh……かわいい……」

「はい、じゃーきーまりーっ！　買ったげるから！」

まったく、ローラは日本が大好きだなあ。
おばあちゃんが日本人なんだから当たり前だけど。
と思いながらも、アニエスはシャワーを浴びたあと着替えを始める。
顔を見られるのは超苦手なので、大きなサングラスと黒いマスクをする。
日本か、私は行ったことなかったな。
飛行機に乗っているあいだ、少し日本語の練習でもするか、とアニエスは思った。
ローラは日本語が母国語のひとつだから、うまく教えてくれるだろう。

それに。

なんだか、ワクワクしてきた。
これは予感だ。
今まであまり外れたことのない予感。
これから、きっと素敵な出会いがある。
ホテルのドアを開けると、ローラ、エリザベス、ジェームズ、ライアン、ジョセフの五人が待っていた。
アニエスパーティのフルメンバーが揃っている。
よし。
ぬいぐるみもほしいし、行くか。
人類最良にして最強のニンジャ、アニエス・ジョシュア・バーナードとそのパーティメンバーは、フロリダ行きではなく日本行きの飛行機に乗ることにしたのだった。

いずれ最強の錬金術師？

SOMEDAY WILL I BE THE GREATEST ALCHEMIST?

1~17

小狐丸 KOGITSUNEMARU

シリーズ累計(電子含む)**120万部突破！**

2025年1月8日より TVアニメ 放送開始!!

TOKYO MX・BS11ほか

コミックス 1~8巻 好評発売中！

1~17巻 好評発売中！

勇者召喚に巻き込まれ、異世界に転生した僕、タクミ。不憫な僕を哀れんで、女神様が特別なスキルをくれることになったので、地味な生産系スキルをお願いした。そして与えられたのは、錬金術という珍しいスキル。まだよくわからないけど、このスキル、すごい可能性を秘めていそう……!? 最強錬金術師を目指す僕の旅が、いま始まる！

●Illustration：人米
●16・17巻 各定価：1430円（10%税込）
1~15巻 各定価：1320円（10%税込）

●漫画：ささかまたろう　B6判
●7・8巻 各定価：770円（10%税込）
1~6巻 各定価：748円（10%税込）

勘違いの工房主 アトリエマイスター 1～10

Kanchigai no ATELIER MEISTER

英雄パーティの元雑用係が、実は戦闘以外がSSSランクだったというよくある話

時野洋輔
Tokino Yousuke

待望のTVアニメ化！
2025年4月放送開始！

シリーズ累計 **75万部** 突破！（電子含む）

1～10巻 好評発売中！

コミックス 1～7巻 好評発売中！

英雄パーティを追い出された少年、クルトの戦闘面の適性は、全て最低ランクだった。ところが生計を立てるために受けた工事や採掘の依頼では、八面六臂の大活躍！ 実は彼は、戦闘以外全ての適性が最高ランクだったのだ。しかし当の本人は無自覚で、何気ない行動でいろんな人の問題を解決し、果ては町や国家を救うことに──!?

- 各定価：1320円（10％税込）
- Illustration：ゾウノセ

- 7巻 定価：770円（10％税込）
- 1～6巻 各定価：748円（10％税込）
- 漫画：古川奈春　B6判

さようなら竜生、こんにちは人生 1〜26

GOOD BYE, DRAGON LIFE

HIROAKI NAGASHIMA 永島ひろあき

シリーズ累計 **120万部!**（電子含む）

大人気 TVアニメ化作品!!

最強最古の神竜は、辺境の村人ドランとして生まれ変わった。質素だが温かい辺境生活を送るうちに、彼の心は喜びで満たされていく。そんなある日、付近の森に、屈強な魔界の軍勢が現れた。故郷の村を守るため、ドランはついに秘めたる竜種の魔力を解放する!

1〜26巻好評発売中!

illustration:市丸きすけ
25・26巻 各定価:1430円（10％税込）／1〜24巻 各定価:1320円（10％税込）

コミックス1〜13巻 好評発売中!

漫画:くろの　B6判
13巻 定価:770円（10％税込）
1〜12巻 各定価:748円（10％税込）

大賢者の遺物を手に入れた俺は、好きに生きることに決めた

著 まるせい

濡れ衣で投獄されたダンジョンで……
チートな神器 4つも拾っちゃいました。

いわれのない罪で、犯罪者を収容するダンジョンに投獄された冒険者ピート。そのダンジョンの名は――『深淵ダンジョン』。そこから出られた者は一人もいないという絶望的な状況でも、ピートは囚人たちを鼓舞しダンジョンからの脱出を試みていた。だがある日、仲間であるはずの囚人たちに裏切られ、奈落に落とされてしまう。漆黒の闇の底にて、死さえ覚悟した彼だったが、偶然謎のアイテムを手にする。それこそが、この世界の常識を覆すチート装備――『大賢者の遺物』だった！ チート装備で生還者ゼロの凶悪ダンジョンをらくらく攻略!? 投獄から始まる最強無双ファンタジー、開幕！

- 定価：1430円（10%税込）
- ISBN：978-4-434-35010-8
- illustration：かがぁ

異世界召喚されて捨てられた僕が邪神であることを誰も知らない……たぶん。

著 レオナールD

平凡少年の正体は…伝説の邪神
刃向かうバカは全員しばく！

幼馴染四人とともに異世界に召喚された花散（はなちる）ウータは、勇者一行として、魔王を倒すことを求められる。幼馴染が様々なジョブを持っていると判明する中、ウータのジョブはなんと『無職』。役立たずとして追い出されたウータだったが、実はその正体は、全てを塵にする力を持つ不死身の邪神だった！　そんな秘密を抱えつつ、元の世界に帰る方法を探すため、ウータは旅に出る。しかしその道中は、誘拐事件に巻き込まれたり、異世界の女神の信者に命を狙われたりする、大波乱の連続で……ウータの規格外の冒険が、いま始まる――！

●定価:1430円(10%税込)　●Illustration:ふらすこ　●ISBN:978-4-434-35008-5

神様お願い！
God please!

～神様のトバッチリで異世界に転生したので心穏やかにスローライフを送りたい～

きのこのこ
Kinokonoko

異世界でのワクワクで快適な生活は

ぜーーんぶ神様のおかげです。

神様たちの争いに巻き込まれ、異世界に転生してしまった男性、石原那由多。しかも三歳児の姿になっていたうえに、左目には意志を持ち、コミュニケーションがとれる神様の欠片が宿っていた!? その神様の欠片にツクヨミと名付けたナユタは、危険な森を抜けて、古の空飛ぶ城郭都市の遺跡を発見する。さらに、遺跡にあった魔法のジオラマの中で生活できることがわかると、そこを拠点にすることを決めるのだった。前世の趣味で集めた御朱印を通して日本の神様の力を借りたり、オリジナルの魔法を開発したり……ちょっぴりお茶目な神様の欠片に導かれ、ナユタの異世界スローライフが、いま始まる！

●定価：1430円（10%税込）　●ISBN：978-4-434-34683-5　●Illustration：壱夢いちゅ。

この作品に対する皆様のご意見・ご感想をお待ちしております。
おハガキ・お手紙は以下の宛先にお送りください。
【宛先】
〒150-6019 東京都渋谷区恵比寿4-20-3 恵比寿ガーデンプレイスタワー 19F
(株) アルファポリス　書籍感想係

メールフォームでのご意見・ご感想は右のQRコードから、
あるいは以下のワードで検索をかけてください。

アルファポリス　書籍の感想　検索

ご感想はこちらから

本書はWebサイト「アルファポリス」（https://www.alphapolis.co.jp/）に投稿されたものを、
改題・改稿、加筆のうえ、書籍化したものです。

借金背負ったので死ぬ気でダンジョン行ったら人生変わった件
やけくそで潜った最凶の迷宮で瀕死の国民的美少女を救ってみた

羽黒　楓　著

2024年12月30日初版発行

編集－坂木悠人・宮坂剛
編集長－太田鉄平
発行者－梶本雄介
発行所－株式会社アルファポリス
　〒150-6019 東京都渋谷区恵比寿4-20-3 恵比寿ガーデンプレイスタワー19F
　TEL 03-6277-1601（営業）　03-6277-1602（編集）
　URL https://www.alphapolis.co.jp/
発売元－株式会社星雲社（共同出版社・流通責任出版社）
　〒112-0005 東京都文京区水道1-3-30
　TEL 03-3868-3275
装丁・本文イラスト－いちよん
装丁デザイン－AFTERGLOW
印刷－中央精版印刷株式会社

価格はカバーに表示されてあります。
落丁乱丁の場合はアルファポリスまでご連絡ください。
送料は小社負担でお取り替えします。
©Kaede Haguro 2024.Printed in Japan
ISBN978-4-434-35009-2 C0093